置かれた場所で咲きなさい

渡 辺 和 子

幻冬舎文庫

はじめに

修道者であっても、キレそうになる日もあれば、眠れない夜もあります。そんな時に、自分をなだめ、落ち着かせ、少しだけでも心を穏やかにする術（すべ）を、いつしか習いました。

三十代半ばで、思いがけず岡山に派遣され、翌年、大学学長に任命されて、心乱れることも多かった時、一人の宣教師が短い英詩を手渡してくれました。

Bloom where God has planted you.（神が植えたところで咲きなさい）

「咲くということは、仕方がないと諦めるのではなく、笑顔で生き、周囲の人々も幸せにすることなのです」と続いた詩は、「置かれたところこそが、今のあなたの居場所なのです」と告げるものでした。

置かれたところで自分らしく生きていれば、必ず「見守っていてくださる方がいる」という安心感が、波立つ心を鎮めてくれるのです。

咲けない日があります。その時は、根を下へ下へと降ろしましょう。この本が、読む方の心に少しでも和らぎをもたらすようにと願っています。

置かれた場所で咲きなさい

もくじ

はじめに　3

第1章　自分自身に語りかける

人はどんな場所でも幸せを見つけることができる　12
一生懸命はよいことだが、休息も必要　20
人は一人だけでは生きてゆけない　24
つらい日々も、笑える日につながっている　28
神は力に余る試練を与えない　32
不平をいう前に自分から動く　36
清く、優しく生きるには　40

自分の良心の声に耳を傾ける　45
ほほえみを絶やさないために　49

第2章　明日に向かって生きる

人に恥じない生き方は心を輝かせる　54
親の価値観が子どもの価値観を作る　58
母の背中を手本に生きる　62
一人格として生きるために　66
「いい出会い」を育てていこう　70
ほほえみが相手の心を癒す　74
心に風を通してよどんだ空気を入れ替える　81

心に届く愛の言葉 85
順風満帆な人生などない 91
生き急ぐよりも心にゆとりを 98
内部に潜む可能性を信じる 102
理想の自分に近づくために 106
つらい夜でも朝は必ず来る 110
愛する人のためにいのちの意味を見つける 114
神は信じる者を拒まない 118

第3章 美しく老いる

いぶし銀の輝きを得る 124

歳を重ねてこそ学べること 128
これまでの恵みに感謝する 132
ふがいない自分と仲よく生きていく 136
一筋の光を探しながら歩む 140
老いをチャンスにする 144
道は必ず開ける 150
老いは神さまからの贈り物 154

第4章 愛するということ

あなたは大切な人 160
九年間に一生分の愛を注いでくれた父 164

私を支える母の教え 170
2%の余地 174
愛は近きより 180
祈りの言葉を花束にして 186
愛情は言葉となってほとばしる 190
「小さな死」を神に捧げる 195

人名・用語解説 202
文庫版あとがきにかえて 206
解説　日野原重明 218
追悼の記事 222

DTP 美創

第1章

自分自身に語りかける

置かれたところで咲く

人はどんな場所でも幸せを見つけることができる

私は三十歳間際で修道院に入ることを決意し、その後、修道会の命令で修練のためアメリカに行き、修練終了後、再び命令で学位を取り、三十五歳で日本に戻りました。次の命令で岡山のノートルダム清心女子大学に派遣され、その翌年、二代目学長の急逝(きゅうせい)を受けて思いがけない三代目の学長に任命されました。三十六歳でした。

東京で育った私にとって、岡山は全く未知の土地であり、さらにこの大学は、初代も二代目もアメリカ人の七十代後半の方が学長を務めていました。

その大学の卒業生でもなく、前任者たちの半分の年齢にも満たない私が学長になったのですから、周囲もさることながら、私自身、驚きと困惑の渦中にいました。

修道院というのは、無茶と思えることでも、目上の命令に逆らうことは許されないところでしたから、私も「これが神の思し召し」として従ったのです。

初めての土地、思いがけない役職、未経験の事柄の連続、それは私が当初考えていた修道生活とは、あまりにもかけはなれていて、私はいつの間にか〝くれない族〟になっていました。「あいさつしてくれない」こんなに苦労しているのに「ねぎらってくれない」「わかってくれない」

自信を喪失し、修道院を出ようかとまで思いつめた私に、一人の宣教師が一つの短い英語の詩を渡してくれました。その詩の冒頭の一行、それが「置かれたところで咲きなさい」という言葉だったのです。

岡山という土地に置かれ、学長という風当たりの強い立場に置かれ、四苦八苦している私を見るに見かねて、くださったのでしょう。

私は変わりました。そうだ。置かれた場に不平不満を持ち、他人の出方で幸せになったり不幸せになったりしては、私は環境の奴隷でしかない。人間と生まれたからには、どんなところに置かれても、そこで環境の主人となり自分の花を咲かせようと、決心することができました。それは「私が変わる」ことによってのみ可能でした。

いただいた詩は、「置かれたところで咲きなさい」の後に続けて、こう書かれていました。「咲くということは、仕方がないと諦めることではありません。それは自分が笑顔で幸せに生き、周囲の人々も幸せにすることによって、神が、あなたをここにお植えになったのは間違いでなかったと、証明することなのです」

私は、かくて〝くれない族〟の自分と訣別（けつべつ）しました。私から先に学生にあいさつし、ほほえみかけ、お礼をいう人になったのです。そうしたら不思議なことに、教職員も学生も皆、明るくなり優しくなってくれました。

「置かれたところで咲く」この生き方は、私だけでなく学生、卒業生たちにも波及しました。

ノートルダム清心女子大学にも、自分の本意ではなく、この大学に入学した〝不本意入学者〟がいます。その人たちにいう、「時間の使い方は、そのまま、いのちの使い方なのですよ。置かれたところで咲いていてください」

という言葉は、私自身の経験に裏打ちされているからでしょうか。学生たちの心にも響いて、届いてくれるようです。

結婚しても、就職しても、子育てをしても、「こんなはずじゃなかった」と思うことが、次から次に出てきます。そんな時にも、その状況の中で「咲く」努力をしてほしいのです。

どうしても咲けない時もあります。雨風が強い時、日照り続きで咲けない日、そんな時には無理に咲かなくてもいい。その代わりに、根を下へ下へと降ろして、根を張るのです。次に咲く花が、より大きく、美しいものとなるために。

若くして亡くなったキリスト教詩人の、※1八木重吉(やぎじゅうきち)の詩に、

神のごとくゆるしたい
ひとが投ぐるにくしみをむねにあたため
花のようになったらば神のまへにささげたい
（「しづかな朝」より〝ゆるし〟）

というものがあります。
「置かれたところ」は、つらい立場、理不尽、不条理な仕打ち、憎しみの的である時もあることでしょう。信じていた人の裏切りも、その一つです。人によっては、置かれたところがベッドの上ということもあり、歳を取って周囲から〝役立たず〟と思われ、片隅に追いやられることさえあるかもしれません。そんな日にも咲く心を持ち続けましょう。

多くのことを胸に納め、花束にして神に捧げるためには、その材料が必要です。ですから、与えられる物事の一つひとつを、ありがたく両手でいただき、自分しか作れない花束にして、笑顔で、神に捧げたいと思っています。

どんなところに置かれても
花を咲かせる心を
持ち続けよう。

境遇を選ぶことはできないが、生き方を選ぶことはできる。
「現在」というかけがえのない時間を精一杯生きよう。

働き

一生懸命はよいことだが、休息も必要

「私は、木を切るのに忙しくて、斧(おの)を見る暇がなかった」

一人の実業家が、定年後に語ったというこの述懐を、私は自戒の言葉として受けとめています。寸暇(すんか)を惜しんで、他人(ひと)よりもよい木を、より速く、より多く切ることに専念したこの人が、仕事をしなくてよくなった時に見出したのは、刃がボロボロに欠けた斧でした。木を切る手を時に休めて、なぜ、斧をいたわってやらなかったかを悔んだ言葉でした。

働きにおいては、大きな成果を挙げたとしても、木を切っていた斧である自分自身が、その間、心身ともにすり減っていたとしたら、本末転倒ではないでしょうか。「全世界を自分のものにしても、自分自身を失ったら、何の益があるだろうか」というイエスのみことばが思い出されます。

[※2]『大言海』によれば、「ひま」はレジャーとしての暇ではなく、「日間」、日の光の射しこむ間と記されています。私たちの心が、働くことでビッシリ詰まっている時、そこには日の光が射しこむ隙間がありません。忙しさには、字が示すように、心を亡ぼし、ゆとりを失わせる危険が伴います。

私がノートルダム清心女子大学の学長をしていた時、時折学生がノックして部屋に入ってくることがありました。「いらっしゃい」と迎えるべきなのに、仕事に追われている時など、つい「何の用」という言葉で迎えてしまい、「別に用はないんですが、ちょっとお話ししたくて」と、すまなさそうに部屋を出てゆく学生の後ろ姿に、何度「ごめんなさい」とつぶやいたかわかりません。

「働き」そのものはすばらしくても、仕事の奴隷になってはいけない。いつも木を切る斧に油をさし、いたわる日間を忘れないでいたいと思います。

働くことはすばらしい。
しかし、仕事の奴隷に
なってはいけない。

きちんとまわりが見えているだろうか？
心にゆとりがないと自分も他人もいたわれない。

委ねる

人は一人だけでは生きてゆけない

人間は不完全で弱い者ですから、すべてを自分一人でやり遂げることは不可能で、他人に委ね(ゆだ)ねる部分、頼んでしてもらうこと、分担することが必要です。

生まれつき勝ち気のせいもあって、他人に頭を下げて頼むことが嫌いな上に、幼い時から、「自分のことは、自分でしなさい」と、厳しくしつけられていた私は、人に委ねることが下手でした。

その私が、思いがけず、三十六歳の若さと経験不足のまま、四年制大学の学長に任命されたものですから、いろいろ苦労をいたしました。管理職にある者は、何を、どこまで他の人に委ね、自分は何をすべきかが識別できる人でなければならなかったからです。

その日から八十五歳の今日に至るまで、ずっと管理職にあって、数え切れない多くの失敗も重ねましたが、委ねるということについても、多くを学びました。

その一つは、委ねるに際しては、相手を信頼しなければいけないということでした。二つ目は、委ねるということは、決して〝丸投げ〟することではなく、要所要所でチェックをして、委ねっ放しでないことを相手にもわからせるということ。そして最後に、一番大切なことは、委ねた結果がよかった時は、その人の功績とするけれども、結果が悪かった時は自分が悪者となることを恐れないということです。

参加意識を育てるためには、自分でしたくても、他の人に〝委ねる〟大切さも学びました。

神に委ねる時も同じです。神を信頼し、自分もすべきことをしながら、結果については、すべてをみ旨として謙虚に受けとめる自分でありたいと願っています。

結果がよかった時は、人の功績に。悪かった時は、自分が悪者となる。

委ねるということは、人に感謝するとともに、
自分自身に責任を持つということ。

未来への発展

つらい日々も、笑える日につながっている

「人生は学校で、そこにおいては、幸福より不幸のほうがよい教師だ」といった人がいます。多分、誰もが、この言葉に納得する経験をしているのではないでしょうか。

つまり、現状よりもよくなる状態を〝発展〟と呼ぶのだとすれば、少なくとも人生においては、順風満帆(じゅんぷうまんぱん)の生活からよりも、山あり、谷ありの人生、失敗もあれば挫折も味わう、苦労の多い人生から立ち上がる時のほうが、発展の可能性があるということなのです。

いつしか女子大生とかかわるようになって、五十年近く経とうとしています。その間、学生、卒業生の自死という悲しい経験も何度かしました。そんな時、その人たちの苦しみを思い、冥福を祈りながら学生たちに話したものです。

「死にたいと思うほどに苦しい時、〝苦しいから、もうちょっと生きてみよう〟とつぶやいてください」苦しみの峠にいる時、そこからは必ず下り坂になります。そして、その頂点を通り越す時に味わった痛みが、その人を強くするのです。

二〇一一年三月十一日の東日本大震災は、確かに千年に一度といわれる大災害でした。これによって、日本の未来への発展の青写真は大きく変わりました。個人の生活においても、家、家族を失い、職場は消失、または崩壊し、職を失った人たちにとって、〝発展〟という言葉は遠退いたかに見えます。

しかし、にもかかわらず、この災害によって、未来への発展への道が閉ざされたと考えてはならないのです。後ろ向きでなく、前向きに考える時、この災害があったがゆえに、新しい知恵が必要とされ、人々の考え方にも革新が迫られています。長い目で見た時、この災害もきっと、未来への発展につながってゆくことを信じています。

苦しい峠でも必ず、下り坂になる。

人はどんな険しい峠でも越える力を持っている。
そして、苦しさを乗り越えた人ほど強くなれる。

現実を受け入れる

神は力に余る試練を与えない

心の悩みを軽くする術があるのなら、私が教えてほしいくらいです。人が生きていくということは、さまざまな悩みを抱えるということ。悩みのない人生などあり得ないし、思うがままにならないのは当たり前のことです。もっといえば、悩むからこそ人間でいられる。それが大前提であることを知っておいてください。

ただし悩みの中には、変えられないものと変えられるものがあります。例えばわが子が障がいを持って生まれてきた。他の子ができることも、自分の子はできない。「どうしてこの子だけが……」と思う。それは親としては胸を掻きむしられるほどのせつなさでしょう。しかし、いくら悲しんだところで、わが子の障がいがなくなるわけではない。その深い悩みは消えることはありません。この現実は変えることはできない。それでも、子どもに対する向き合い方は変えられます。

生まれてきたわが子を厄介者と思い、日々を悩みと苦しみの中で生きるか。それとも、「この子は私だったら育てられると思って、神がお預けになったのだ」と思えるか。そのとらえ方次第で、人生は大きく変わっていくでしょう。

もちろん、「受け入れる」ということは大変なことです。そこに行き着くまでには大きな葛藤があるでしょう。しかし、変えられないことをいつまでも悩んでいても仕方がありません。前に進むためには、目の前にある現実をしっかりと受け入れ、ではどうするかということに思いを馳せること。悩みを受け入れながら歩いていく。そこにこそ人間としての生き方があるのです。

今あなたが抱えているたくさんの悩み。それらを一度整理してみてください。変えられない現実はどうしようもない。無理に変えようとすれば、心は疲れ果ててしまう。ならば、その悩みに対する心の持ちようを変えてみること。そうすることでたとえ悩みは消えなくとも、きっと生きる勇気が芽生えるはずですから。

現実が変わらないなら、悩みに対する心の持ちようを変えてみる。

悩み疲れる前に、別の視点から考えてみよう。見方が変われば、たとえ悩みは消えなくても、勇気が芽生える。

光

不平をいう前に自分から動く

光は人間にとって、きわめて大切なものであり、そのおかげで、私たちは生活できているとさえいえます。今の私たちは、光があるのは当たり前という感覚の中に生まれ、育ってきたために、ちょっとのことで、「暗い」と不平をいうようになってしまいました。電灯がなかった時代、それこそ、人は蛍の光、窓の雪をあかりとして、本を読み、勉強をしたと伝えられています。

ちょっと暗いといっては不平をいい、自分以外の他の人が、明るくしてくれるはずだと考えがちな私たちに、「心のともしび運動」[※3]がかかげるモットー、

「暗いと不平をいうよりも、進んであかりをつけましょう」は、大切な忘れ物を教えてくれています。

それは、幸せを他人まかせにしてはいけない、自分が積極的に動いて、初めて幸せを手に入れることができるのだという真理です。便利さを追い求め、面倒なことを嫌いがちな現代の忘れ物の一つは、自分が動くこと、そして世の中を明るくしてゆこうという積極性なのです。アッシジの聖フランシスコ[※4]も「平和の祈り」の中で、「主よ、私が暗闇のあるところに、光をもたらすことができるように、助け、導いてください」と祈っています。

自分が明るく笑顔でいること。それは平和を世界にもたらす力となるのです。

キリストは、罪をおかしたがために、暗闇の中に住まざるを得なくなった人類に与えられた「光」、神の愛の輝きでした。

ヨハネ福音書は、キリストがこの世に、光として来られたのに、当時の人々は、そのことを認めようとしなかったと記しています。

私たちは、キリストのともしびから火を分けていただいて、それぞれが、置かれたところで、一隅を照らす光でありたいものです。

自分が積極的に動いて、初めて幸せを手に入れることができる。

他人まかせでは幸せは得られない。
自分が光となって世の中を照らそう。

求める

清く、優しく生きるには

主は問われる
「何を望むか」
「謙遜を」
「つぎに何を」
「親切を」
「さらに何を」
「無名を」

「よかろう」

この短い詩は、岡山県にある玉島というところで、牧師をされていた河野進先生のものです。[※5]

保育園の園長としては、幼い子どもたちと良寛さんのように無邪気に遊び、比較的近いところにある長島の愛生園、邑久の光明園を日曜日ごとに訪ねては、ハンセン病の人たちのための礼拝を行っておいでになりました。

また、マザー・テレサのお仕事に感激して、おにぎり献金を集め、自身、カルカッタ（現コルカタ）まで届けに行くような活動をするかたわら、数多くの心温まる、珠玉のような詩を残した詩人でもありました。[※6]

名誉も権力も財産も求めることなく、ひたすら主イエス・キリストが生きたように生きたいと願いながら、一九九〇年に八十六歳の生涯を閉じておられます。

次も、私の好きな先生の詩です。

こまった時に思い出され
用がすめば　すぐ忘れられる
ぞうきん
台所のすみに小さくなり
むくいを知らず
朝も夜もよろこんで仕える
ぞうきんになりたい

「求めなさい。そうすれば与えられる」ということばが、聖書の中にあります。では「何を」求めたらよいのでしょう。

私たちはとかく、自分の健康、仕事の成功、問題の解決などを求めがちです。そんな私たちに、河野先生の詩は、キリストに倣う生き方をこそ求めるようにと、諭してくれているのです。

求めなさい。そうすれば与えられる。

自分の欲望にばかり振り回されてはいけない。
自分がしてほしいことを、人に与えなさい。

神の呼びかけ

自分の良心の声に耳を傾ける

旧約聖書の中には、神が度々、預言者たちに呼びかけて、なすべきことを示しておられる様子が記されています。新約聖書では、「私についてきなさい」というキリストの呼びかけに応じて、十二人の弟子たちはキリストに従いました。聖パウロはダマスコへ行く途中で、「サウル、サウル」という呼びかけに回心し、偉大な使徒となったのでした。

司祭、修道者になった人々は、このような神の呼びかけに応じて、その道に入ったと考えてよいでしょう。神は今も、私たちに日常生活の中で、呼びかけておられます。
ある小学校の六年になる女子の一人が、次のような詩を書いています。

「王さまのごめいれい」
といって、バケツの中へ手を入れる
「王さまって、だれ？」
「私の心のこと」

おそらく、寒い朝、ぞうきんをゆすいでいるのでしょう。冷たい水の入ったバケツに手を入れ、しぼらないといけない時の心の動きが、この詩に表現されています。「いやだなあ」という気持ち、「でも、しないといけない。王さまのご命令だから」という、自分自身との会話。

実は、私たち一人ひとりの心の中にも、この〝王さま〟は住んでおられるのです。ためらっている私たちに、善いことを「しなさいよ」とすすめ、悪いことを「してはいけません」と制止していてくださるのです。

神の呼びかけは、かくて、電車の中で、高齢の方に席を譲ろうか、譲るまいか、嘘をつこうか、つくまいか、こぼした水を拭こうか、そのままにしておこうかと、ためらっている私たちに、どうしたらよいかを囁いてくださっています。この「王さまのご命令」に耳を傾け、従って、生きてゆきたいものです。

私たちの心の中に、善いことをすすめ、悪いことを制止してくれる〝王さま〟が住んでいる。

悩んだ時、迷った時、困った時。
そんな時は、自分の良心の囁きに耳をすまそう。

心に笑顔を

ほほえみを絶やさないために

「顔で笑って、心で泣いて」という言葉は、何となくわかるのですが、心に笑顔を持つというのは、どのような場面をいうのでしょう。
信仰詩人といわれ、若くして亡くなった八木重吉が、次のような詩を残しています。

いきどおりながらも
うつくしいわたしであろうよ

泣きながら　泣きながら
うつくしいわたしであろうよ

この詩がうたっている「うつくしいわたし」こそが、心に笑顔のある人なのかもしれません。

三十代の後半で四年制大学の学長に任命された私は、教職員や学生から、あいさつされるのが当り前と考え、そうしない相手に、〝いきどおり〟を感じる傲慢な人間でした。

その私が、ある日「ほほえみ」という詩に出合って変わったのです。その詩の内容は、自分が期待したほほえみがもらえなかった時、不愉快になってはいけない。むしろ、あなたの方から相手にほほえみかけなさい。ほほえむことのできない相手こそ、あなたからのそれを、本当に必要としている人なのだから、というものでした。

最初、「そんな不合理な」と思った私はやがて、これこそキリストが求める「自分がされて嬉しいことを、他人にしなさい」という愛の教えなのだと気付いて、実行したのです。

ところが、私からのほほえみを無視する人たちがいました。そんな相手に〝いきどおらず、美しいわたしであるために〟、私はこう考えることにしたのです。「今の私のほほえみは〝神さまのポケット〟に入ったのだ」と。そう考えて、心の中でニッコリ笑うことができるようになりました。美しいわたしであるために、むしろ、ありがたくさえ思えるようになったのです。

「私のほほえみは、〝神さまのポケット〟に入ったのだ」と考える。

思い通りにならないときもある。
いきどおらず、視点を変えてみる人になろう。

第2章

明日に向かって生きる

美しく生きる

人に恥じない生き方は心を輝かせる

二〇一一年三月、東日本大震災に襲われた日本に、諸外国から多くの支援金や物資とともに送られて来たのは、被災した日本人のマナーについての賞讃でした。とはいうものの、一部では買い占めがあったことも事実のようです。

一九二三年に起きた関東大震災の折に、自由学園創立者の羽仁もと子さん[※7]がお書きになったものを読み、感銘を受けました。二人の娘さんが、お米や必需品を買っておきましょうといったのに対して、羽仁さんはいわれました。

「いいえ、その必要はありません。家にあるものをまず使いましょう。他の家族がお米がないのに、わが家がご飯を食べているとしたら、それは、不名誉なことです」

これこそは、美しく生きようとした人の言葉であり、正しい意味で、人間の名誉ということを理解していた人の考え方でした。

名誉といえば勲章をもらうこと、高い地位や権力を手に入れることとしか考えていない日本人がいるとすれば、その生きている姿は、決して美しいとはいえません。美しく生きるということは、お金や物とは必ずしも一致していないのです。

マザー・テレサが初めて日本に来られた時、一番びっくりしたのは、「きれいさ」だったといわれました。街並、建物、服装のすべて。しかし、こうもいわれたのです。「きれいな家の中に、親子の会話、夫婦のいたわり合い、ほほえみがないとしたら、インドの小屋の中で仲睦まじく暮らす家族の方が豊かです」

「きれいさ」はお金で買えます。美しさは買えません。それは、自分の生き方の気高さ、抑制ある態度、他人への思いやりの深さ、つまり、心の輝きとして培われてゆくものなのです。

「うばい合えば足らぬ。わけ合えばあまる」相田みつを[※8]さんの言葉です。

きれいさは
お金で買えるが、
心の美しさは買えない。

心の美しさは、自分の心との
戦いによってのみ得られる。

価値観

親の価値観が子どもの価値観を作る

三歳ぐらいの子どもを連れた母親が、水道工事をしている人たちのそばを通りながら語って聞かせています。「おじさんたちが、こうして働いていてくださるおかげで、坊やはおいしいお水が飲めるのよ。ありがとうといって通りましょうね」

同じところを、これまた幼い子を連れた別の母親が通りかかります。子どもに向かっていいました。「坊やも勉強しないと、こういうお仕事をしないといけなくなるのよ」

価値観はこのようにして、親から子どもに伝えられることがあるのです。最初の母親は、人間はお互い同士、支え合って生きていること、労働への感謝の念を子どもの心に植えつけたのに対し、二番目の母親は、職業に対する偏見と、人間を学歴などで差別する価値観を植えつけたのではないでしょうか。

私の母は、決して学歴のある人ではありませんでしたが、人間として大切にしなければならないことを、しっかり伝えてくれました。

聖書を一度も手にすることなく人生を終えた母でしたが、思いおこすと、母の価値観の中には、キリストが大切になさったことが、たくさん含まれていたことに気付きます。

「わが身をつねって、人の痛さを知れ」意地の悪い私が、母からよく聞かされた言葉です。これは、「他人からしてほしいと思うことを、あなたたちも他人に行いなさい」というキリストの愛と思いやりを他の側面から表現したものといってよいでしょう。

「人をつねってはいけない」と、禁止の言葉で教えるのでなく、まず自分自身をつねって、つねられた痛みのわかる人になりなさいということでした。価値観は言葉以上に、それを実行している人の姿によって伝えられるものなのです。

価値観は言葉以上に、実行している人の姿によって伝えられる。

同じ事柄でも価値観によって受け取り方が変わる。
子どもには、愛と思いやりのある価値観を伝えたい。

子どもの
手本に

母の背中を手本に生きる

文房具類を万引して捕まった子どもに、父親がいったそうです。「馬鹿だなあ。このぐらいのものなら、いくらでもパパが会社から持って帰ってやったのに」

子どもは、親や教師のいう通りにはなりませんが、親や教師のする通りになります。ですから、子どもには、周囲によい手本がなければならないのです。「なってほしい子どもの姿」を、親も教師も自ら示す努力をしなければならないということでしょう。

私の母は、高等小学校しか出ていない人でした。父と結婚後、田舎から都会へ出てきて、父の昇進とともに、妻としてのふさわしい教養を苦労して身につけたのだと思います。

その母が「あなたたちも努力しなさい」といった時、自ら手本となっていた母の姿に、私たち子どもも返す言葉がなく、ただ従っていたのでした。

母はよく諺を使って、物事のあるべきようを教えてくれました。その一つに、「堪忍のなる堪忍は誰もする。ならぬ堪忍、するが堪忍」というのがありました。

母は本当に我慢強い人でした。私などにはわからない苦労を、黙って耐えていたのでしょう。誰にでもできる我慢は、我慢のうちに入らない。ふつうなら到底できない我慢、忍耐、許しができて、初めて「堪忍」の名に値するのだという教えでした。

この教えは、私の八十五年の生涯を何度も支えてくれました。ある会議の席上で、きわめて不当な個人攻撃を受けたことがありました。会議終了後、何人かが「シスター、よく笑顔で我慢したね」といってくれたのですが、母のおかげです。私は亡き母に、「よいお手本をありがとうございました」と、心の中でつぶやいていました。

子どもは親や教師の「いう通り」にならないが、「する通り」になる。

子どもに何かを伝えるのに言葉はいらない。
ただ、誠実に努力して生きていくだけでいい。

カトリック
学校の目標

一人格として生きるために

文明の利器は、たしかに「便利」「安楽」「スピード」をもたらしましたが、その反面、人間から「待つこと」「耐えること」「静かに考えること」といった習性を奪ってしまったかのように思えます。

数年前、NHKがスペシャル番組として、一人のアメリカ人の少年について放映しました。崩壊家庭に生まれ育ち、友人といえば、いわゆるワルばかり。かくて自らも非行に走って刑に服している十五歳の少年の話でした。

彼は刑期を終えたら、今度こそは〝まともな〟生活を送りたいと考えているのですが、その方法がわからない。そんなある日、一人のホームレスが彼の働いている作業場に来て話しかけます。

「お前は、何かにぶつかった時、反射的に行動し、それから感じ、それから考えるという順序で生きてきたのか。それともその逆の順序だったのかい」

いわれた通りの順序だったと答える少年に、ホームレスがいいました。

「だからお前は、今ここにいるのさ。これからは、逆の順序でやってみな」

この時から少年の、自分自身との戦いが始まりました。どんな相手や物事に対しても、まず考え、次に感じ、しかる後に行動する――失敗を重ねながらも、この順序を繰り返すことによって、少年はやがて〝まともな〟道を歩む人間に変わっていったという話でした。

実はこの、まず考えるということ、次に感じる余裕を持ち、その後に行動するという順序こそが、「一人格」としての生き方なのです。ローマのカトリック教育省が出した小冊子は、次のように明記しています。「カトリック学校は、一人格になるための、また人格としての人間のための学校であることを、その根本としている。……人間が人格になってゆくことが、カトリック学校の目標なのである」

まず考え、次に感じ、その後に行動する。

考えるということは、自分と対話すること。
自分自身に語りかけ、次の行動を決めなさい。

出会い

「いい出会い」を育てていこう

私は今、三つの大学で二千人ほどの学生と接しています。講義後、学生はメモを毎回書いて、いろんな悩みを打ち明けてくれます。メールの返事がこないとすごく心配だとか、遠距離恋愛をしていて恋人を信じるということがむずかしいとか、祖母と母の間がうまくいっていないとか。そうかと思うと今の死刑制度についてどう思うかとか……。シスターにだったら何を書いても大丈夫だという、そういう信頼から書いてくれているのでしょう。

なかでも近頃は質問責めで、「シスターはどう思われますか?」という言葉で終わっているものが増えています。たまたま大人としての、年齢の離れた私の意見が聞きたいのかもしれないのですが、もしかしたら、話す相手がいないのかもしれません。家で話そうとしても、お父さんは疲れて帰って来る、お母さんはそういう話に興味関心がない、兄弟が少ない。そして友人関係にしても相手に遠慮するというか、表面的に気に入られるような会話を交わすことが多くなっています。

「いい出会い」というものをしていないのかもしれません。いい出会いにするためには、自分がある程度、苦労をして出会いを育てていかないといけません。

今は、出会い系サイトなどいろいろあります。そして、出会ってちょっと気に入ったらもう深い関係に入ってしまっていることも多いと聞きます。いわゆる「神さまがこの人と私を出会わせてくださった。だから、この出会いを育てていこう」というような、「出会いを育てる」という感覚が少なくなっているのではないでしょうか。与えられたチャンス、キリスト教では「摂理」という言葉を使いますが、「この方と私とは会うべくして会ったのだから、このご縁を大事にしよう」という気持ちが最近なくなっているような気がするのです。

自ら考えて、前向きに生きていくことが、いい出会いにつながるのです。

いい出会いにするためには、自分が苦労をして出会いを育てなければならない。

出会っただけでは信頼関係を結べない。
「このご縁を大事にしよう」という気持ちを育てていこう。

人生を笑顔で生きる

ほほえみが相手の心を癒す

ある時、一人の大学生から葉書をもらいました。「シスターの心には、波風が立つことはないのですか。いつも笑顔ですが」

私は返事を書きました。「とんでもない。波風が立つこともあります。ただ、自分で処理して、他人の生活まで暗くしないように、気をつけているだけなのです」と。

シスターになったからといって、人間である限り、いつも心が平穏であるはずはありません。心ない人の言葉や態度に傷つき、思うようにいかない物事に心騒がせ、体の不調から笑顔でいることがむずかしいこともあります。生来、勝気な私は、特に管理職という立場にいることもあって、人前では明るく振る舞い、笑顔でいるように心がけています。暗い顔をしても物事がうまくいくわけではなし、他人の生活まで暗くする権利はないと、自分に言い聞かせていることは確かです。

生まれつき笑顔の少なかった私が、笑顔を多くし始めたのは、誠にお恥ずかしいきっかけからでした。二十代に入って、アメリカ人と一緒に働くようになったある日、一人の男性職員から、「渡辺さんは笑顔がすてきだよ」といわれたことによるのです。ほめるということは大切なのですね。

笑顔で生きるということに、もう少し自分らしい意味を与えるようになったのは、三十代になってからの「ほほえみ」という詩との出合いでした。

「お金を払う必要のない安いものだが、相手にとっては、非常な価値を持つものだ」という言葉に始まる詩は、次のように締めくくられていました。

もしあなたが　誰かに期待した
ほほえみが得られなかったなら
不愉快になる代わりに
あなたの方から　ほほえみかけて　ごらんなさい
ほほえみを忘れた人ほど
それを必要とする人は　いないのだから

この詩との出合いは、私の笑顔の質を変えました。チャームポイントとしての笑顔から、他人への思いやりとしての笑顔、そしてさらには、自分自身の心との戦いとしての笑顔への転換の始まりとなったのです。それは、ほほえむことのできない人への愛の笑顔であると同時に、相手の出方に左右されることなく、私の人生を笑顔で生きるという決意であり、主体性の表れとしての笑顔でした。

そして、この転換は、私に二つの発見をもたらしてくれました。

その一つは、物事がうまくいかない時に笑顔でいると、不思議と問題が解決することがあるということです。お姑さんとうまくいかない卒業生が、「シスター、本当ですね。注意された時に、笑顔で『ありがとうございました』というようにしてから、二人の間がとてもよくなったのですよ」と、報告してくれました。

もう一つの発見は、自分自身との戦いの末に身についたほほえみには、他人の心を癒す力があるということです。とってつけたような笑顔でもなく、職業的スマイルでもなく、苦しみという土壌に咲いたほほえみは、お金を払う必要のないものながら、ほほえまれた相手にとっては大きな価値を持つのです。ほほえまれた相手を豊かにしながら、本人は何も失わないどころか、心豊かになります。

不機嫌は立派な環境破壊だということを、忘れないでいましょう。私たちは時に、顔から、口から、態度から、ダイオキシンを出していないでしょうか。これらは大気を汚染し、環境を汚し、人の心をむしばむのです。笑顔で生きるということは、立派なエコなのです。

ある日、修道院の目上の方が私にいいました。「シスター、何もできなくなってもいいのよ。ただ、笑顔でいてくださいね」ありがたい言葉です。この同じ言葉を、年齢にかかわりなく、かけ合ってゆきたいものです。

何もできなくていい。
ただ笑顔でいよう。

笑顔でいると、不思議と何事もうまくいく。
ほほえまれた相手も、自分も心豊かになれるから。

さわやかな風

心に風を通して よどんだ空気を入れ替える

ある時、学生の一人が自殺したことがありました。いのちについて一緒に考えていた人だったので、いっそう悲しくつらい思いでした。次の講義の初めに黙禱（もくとう）した後、この学生の冥福のため、「苦しいから、もうちょっと生きてみよう」を、約束事にする、と皆で申し合わせました。

数日後、廊下で大学の寮の寮長をしていた四年生と出会ったのですが、その頃、学寮にいろいろな問題が起きていたことを知っていた私は、「あなたも大変ね」と声をかけました。するとその学生が、笑顔で、しかしきっぱりと、「はい、大変です。大変だから、もうちょっとがんばってみます」と答えて、足早に去ってゆきましたが、去った後に、一陣のさわやかな風が廊下を吹き抜けていったのを、今も覚えています。

「スカッとさわやか」を宣伝文句にして売り出された清涼飲料があったように記憶しています。今や、さわやかな香りも人工的に作り出せる世の中です。しかし、これらお金で買えるさわやかさは、私たちの毎日の生活の中にある煩わしさ、うっとうしさを払拭してくれるものではありません。

心のさわやかさは、お金では買えないのです。それは、生きることのむずかしさから逃げることなく、その一つひとつをしっかり受けとめて、「大変だから、もうちょっとがんばってみます」という心意気から生まれるのです。ピンチをチャンスに変える、聡明さと明るさが生み出す健気さこそが、心のさわやかさとなって表れるのです。

苦しいからこそ、もうちょっと生きてみる決意をする時、そこには、さわやかな風が立って、生きる力と勇気を与えてくれるのです。

苦しいからこそ、もうちょっと生きてみる。

生きることは大変だが、生きようと覚悟を決めることは、人に力と勇気を与えてくれる。

あなたが大切

心に届く愛の言葉

数年前のある朝のことです。一人の中学二年生の自殺を告げる電話があり、報告を終えた校長は、「入学してから今日まで、あれほど、いのちを大切にしましょう、いのちは大切、と話してきたのに」と嘆くのでした。

翌週、私の大学での講義が、たまたま、いのちに関するものだったので、この件に触れ、学生ともども生徒の冥福を祈りました。

私の授業は、集中講義で人数が多いこともあって、出欠席はメモで取り、学生はメモの提出時に、任意ですが、裏に感想や疑問などを書いてよいことになっています。その日の授業後に提出されたメモを読んでいたところ、次のメモが目に留まりました。

「最近、こんなＣＭがありました。いのちは大切だ。いのちを大切に。そんなこと、何千何万回いわれるより、〝あなたが大切だ〟誰かにそういってもらえるだけで、生きてゆける」その学生は続けて、「近頃、この言葉の意味を実感しました。〝私は大切だ。生きるだけの価値がある〟そう思うだけで、私はどんどん丈夫になってゆきます」この学生は、きっと誰かに〝君が大切〟といわれて生きる自信をもらい、〝丈夫〟になっていったのでしょう。二年後卒業していきました。

いのちは大切と何度教室で聞かされても、ポスターで読んでも、そのことが実感できていなくては、だめなのです。実感するためには、心に届き、身に沁みる愛情が必要なのだと、私も自分の経験を思い出しました。

六十年以上も前のことになります。戦後、経済的に苦しい中で高等教育を受けさせてもらっていた私は、英語も習いたくて、通学しながら上智大学の国際学部という夜学で、教務のアルバイトをしていました。そこは、当時日本に駐留していたアメリカの軍人、兵士、家族などを対象とした夜学でした。戦争中、英語はご法度(はっと)だったこともあって私の英語力は貧しく、初めての職場経験ということもあり、仕事も決して一人前のものではありませんでした。

そんなある日、仕事の上司でもあったアメリカ人神父が私に、「あなたは宝石だ」といってくれたのです。兄や姉に比べても、劣等感を持ち、自分は「石ころ」としか考えていなかった私は、一瞬耳を疑いました。しかし、この言葉は、それまで生きる自信のなかった私を、徐々に〝丈夫〟にしてくれたのです。

「宝石だ」これは私の職場での働きに対していわれたのではなく、存在そのものについていわれたのだということに気付くのに、さして時間はかかりませんでした。旧約聖書のイザヤ書の中に、神が人間一人ひとりを、「私の目に貴い」といっているからです。

後に教育の場に身を置くことになった私にとって、これは得難い経験でありました。つまり、人間の価値は、何ができるか、できないかだけにあるのではなく、一人のかけがえのない「存在」として「ご大切」なのであり、「宝石」なのだということ。それが体感でき、魂に響く教育こそが、カトリック教育なのだということに気付いたのです。

生前、私が教えている大学に来て学生たちに話をしてくださったマザー・テレサは、どこから見ても「宝石」とは考えられない貧しい人々、孤児、病者、路上生活者を、「神の目に貴いもの」として手厚く看護し、〝あなたが大切〟と、一人ひとりに肌で伝えた人でした。マザーの話に感激した学生数人が、奉仕団を結成して、カルカッタに行きたい、と願い出たことがあります。それに対してマザーは、「ありがとう」と感謝しつつも、「大切なのは、カルカッタに行くことより、あなたたちの周辺にあるカルカッタに気付いて、そこで喜んで働くことなのですよ」と優しく諭されたのです。

今、〝あなたが大切〟と感じさせてくれる、そのような愛情に飢えている人が多くいます。この大学は、自分も他人も「宝石」と見て、喜んで周辺のカルカッタで働く人たちが育つ大学であってほしいと願っています。

〝あなたが大切だ〟と誰かにいってもらえるだけで、生きてゆける。

人は皆、愛情に飢えている。存在を認められるだけで、
人はもっと強くなれる。

穴から
見えるもの

順風満帆な人生などない

私たち一人ひとりの生活や心の中には、思いがけない穴がポッカリ開くことがあり、そこから冷たい隙間風が吹くことがあります。それは病気であったり、大切な人の死であったり、他人とのもめごと、事業の失敗など、穴の大小、深さ、浅さもさまざまです。その穴を埋めることも大切かもしれませんが、穴が開くまで見えなかったものを、穴から見るということも、生き方として大切なのです。

ある時、女子大生たちに講義の中で、この人生の穴について話したことがありました。その後夏休みが明けて、再び教壇に戻った時、一人の四年生が来て、いいました。「シスター、この休みの間に、私の人生に穴が開きました」

話はこうでした。自分は、思いがけず婦人科の手術をしなければならないことがわかって、その手術を受けた。手術は成功したが、医者から、子どもが産めなくなったかもしれないと知らされた。自分にとって非常にショックだったのは、結婚を前提につき合っている男性が、無類の子ども好きだったからである。隠しておこうかとも思ったけれども、いつかはわかることだからと覚悟を決めて打ち明けた。するとその男性は、自分の話を聞き終えた後、優しく、「心配しなくてもいい。僕は、赤ちゃんが産める君と結婚するんじゃなくて、〝君〟と結婚するんだから」といったという。

そこまで話して、その学生は泣いていました。「もし、私の人生に、この穴が開かなかったら、結婚しても一生、相手の誠実さと愛の深さを私は知らないで過ごしたかもしれません」この学生は、自分の人生に開いてしまった〝穴〟のおかげで、穴が開くまで見えなかったものを見ることができたのでした。神さま仏さまの愛に近い、相手の「無条件の愛」に気付いたのです。このように人生の穴からのみ、見えてくるものがあります。そこから吹いてくる風の冷たさで、その時まで気付かなかった他人の愛や優しさに、目を開かされることがあるのです。

以前、こんな話を読みました。深くて暗い井戸の底には、真っ昼間でも、井戸の真上の星影が映っている。井戸が深ければ深いほど、中が暗ければ暗いほど、星影は、はっきり映る。肉眼では見えないものが、見えるというのです。

私の人生にも、今まで数え切れないほど多くの穴が開きましたし、これからも開くことでしょう。穴だらけの人生といっても過言ではないのですが、それでも今日まで、何とか生きることができたのは、多くの方々とのありがたい出会い、いただいた信仰のおかげだと思っています。宗教というものは、人生の穴をふさぐためにあるのではなくて、その穴から、開くまでは見えなかったものを見る恵みと勇気、励ましを与えてくれるものではないでしょうか。

たくさんいただいた穴の中で、私が一番つらかったのは、五十歳になった時に開いた「うつ病」という穴でした。この病のつらさは、多分、罹った者でなければ、わからないでしょう。学長職に加えて、修道会の要職にも任ぜられた過労によるものだったと思いますが、私は、自信を全く失い、死ぬことさえ考えました。信仰を得てから三十年あまり、修道生活を送って二十年が経つというのに。

入院もし、投薬も受けましたが、苦しい二年間でした。その時に、一人のお医者様が、「この病気は信仰と無関係です」と慰めてくださり、もう一人のお医者様は、「運命は冷たいけれども、摂理は温かいものです」と教えてくださいました。「摂理」――この病は、私が必要としている恵みをもたらす人生の穴と受けとめなさいということでした。そして私は、この穴なしには気付くことのなかった多くのことに気付いたのです。

かくて病気という人生の穴は、それまで見ることができなかった多くのものを、見せてくれました。それは、その時まで気付かなかった他人の優しさであり、自分の傲慢さでした。私は、この病によって、以前より優しくなりました。他人の弱さがわかるようになったのです。そして、同じ病に苦しむ学生たち、卒業生たちに、「穴から見えてくるものがあるのよ」といえるようにもなったのです。

人生にポッカリ開いた穴から
これまで見えなかった
ものが見えてくる。

思わぬ不幸な出来事や失敗から、
本当に大切なことに気付くことがある。

時を待つ

生き急ぐよりも心にゆとりを

「〝待てば海路の日和あり〟というから」といって、イライラする私に、時を待つことの大切さを教えてくれたのは、母でした。

長じて、聖書を読むようになった私は、「天の下の出来事には、すべて定められた時がある」というコヘレトの書の中に、「神のなさることは、すべて時宜にかなって美しい」という真理も知るようになりました。臥薪嘗胆とか隠忍自重という四字熟語も、時を待つことの大切さを教える言葉でした。

このように、願っていることの成就のために、苦しくても我慢して待つことを教えられたはずなのに、私は、日常の些細なことで、それを行ってこなかったことにある日気付き、実行する決心を立てたのです。

私が住んでいる修道院は、大学内の建物の四階にあるので、毎日のように九人乗りの小さなエレベーターで出勤し、帰宅しています。ある日、階数ボタンを押した後、無意識に「閉」のボタンを押している自分に気付きました。つまり、ドアが自然に閉まるまでの時間、大体四秒ぐらいの時間が待てないでいる自分に気付いたのです。

そして、考えさせられました。「四秒すら待てない私」でいいのだろうかと。事の重大さに気付いた私は、その日から、一人で乗っている時は「待つ」決心を立てたのです。

この決心は少しずつですが、「他の物事も待てる私」に変えてゆきました。

待っている間に、小さな祈り、例えばアヴェマリアを唱える習慣もつけてくれました。学生たちのため、苦しむ人たちのため、平和のために祈れるのです。時間の使い方は、いのちの使い方です。待つ時間が祈りの時間となる、このことに気付いて、私は、何かよいことを知ったように嬉しくなりました。

時間の使い方は、
そのまま
いのちの使い方になる。

待つことで、心にゆとりができると気付いた時、
生きている「現在（いま）」は、より充実したものになる。

可能性

内部に潜む可能性を信じる

アメリカでカウンセリングの講義を取っていた頃、非指示的と呼ばれるカウンセリングを考え出した、カール・ロジャース[※9]博士の姿に接する機会がありました。

博士は、相談に訪れる人の内部に潜む可能性を信じた人でした。一人ひとりの内部には、目に見えなくても、その人が成熟に向かって前進する力と傾向性が、必ず存在するということ。その潜在する可能性は、適切な心理的風土を与えられる時、現実性へ一歩、踏み出すことができるのだと信じた人でした。

この適切な心理的風土とは、「許容の風土」であり、したがってカウンセラーは、相談者の言葉に耳を傾けこそすれ、「あなたは間違っています」とか、「こうしなさい」といった批判、指示をいっさいしないのです。

自分の存在そのものが受け入れられたと知る時、相談者は恐れ気なく語り始めます。熱心に聴くロジャース博士の態度に勇気づけられて話しているうちに、心の中は徐々に整理され始め、相談者は、抱えている問題を比較的冷静に見つめることができるようになり、自力で解決への道を歩み始めるのです。

四十年以上、多くの学生と接する機会を持つことになる私に、ロジャース博士のカウンセリングの姿勢、相手の可能性への信頼と尊敬、聴く態度は、得難い教訓になりました。

目には見えなくても、そして時には信じがたくても、一人ひとりの中に、その人の成熟に向かって前進する力と傾向性があることを信じることは、教育の根本といえるでしょう。人間の可能性を引き出すのに必要な許容の風土をかもし出し、相手をまず、ありのまま受け入れる時、その人が内に秘めている可能性が開花することを教えられた私は、幸せ者でした。

ありのまま受け入れた時、相手の秘めた可能性が開花する。

誰にでも「成熟に向かって前進する力」が潜んでいる。
相手を信頼して、尊敬することから始めよう。

目標

理想の自分に近づくために

私が修道院でいただいている個室の壁に、「三キロ減量」という一枚のメモが貼ってあります。お恥ずかしい限りなのですが、現在の私の目標の一つです。同じメモには、その目標達成の手段として、「間食をしないこと」とも書いてあります。

病気をして背が低くなったために、身長に比べて体重が多いということを注意されて、自分が立てた目標であり、それに到達するための手段なのですが、このように低い次元のものであっても、その達成には努力がいります。

自分自身との日々の戦いが求められます。

ノートルダム清心学園の校訓は、「心を清くし、愛の人であれ」です。信仰が何であろうと、カトリック校に学ぶ人たちの共通目標として、キリストとマリアが理想像であり、その生き方がお手本として挙げられるのです。

果たしてどこまで、この高い目標に近づけるかはわかりませんが、学園に学ぶ間に、相手を思いやり、罪人、病者、弱い人を大切になさった、「愛の人」キリストのように、生徒たちが、見棄てられがちな人をいつくしむことのできる優しい人になってほしいのです。また、「心の清い人」マリアに倣い、世間体とか自分の利益に心奪われることなく、自分の良心の声に従い、神のまなざしの前に生きることができる人に育ってほしいのです。

そこに至る道筋がこの校訓に示されています。

目標を立てることは易しくても、達成への道のりは険しく、倒れることもあるでしょう。でも、歩き続けること、倒れたら立ち上がって、また歩き続けることが大切なのです。

誘惑に負けて、時に間食をしてしまうだめな私を、キリストはいつも優しく、温かいまなざしで見守っていてくださいます。

倒れても立ち上がり、歩き続けることが大切。

時には立ち止まって休んでもいい。
再び歩き出せるかが、目標達成の分かれ道。

希望

つらい夜でも朝は必ず来る

希望には人を生かす力も、人を殺す力もあるということをヴィクター・フランクル[※10]が、その著書の中に書いています。

フランクルはオーストリアの精神科医でしたが、第二次世界大戦中、ユダヤ人であったためナチスに捕えられて、アウシュビッツやダハウの収容所に送られた後、九死に一生を得て終戦を迎えた人でした。

彼の収容所体験を記した本の中に、次のような実話があります。収容所の中には、一九四四年のクリスマスまでには、自分たちは自由になれると期待していた人たちがいました。ところがクリスマスになっても戦争は終わらなかったのです。そしてクリスマス後、彼らの多数は死にました。

それが根拠のない希望であったとしても、希望と呼ぶものがある間は、それがその人たちの生きる力、その人たちを生かす力になっていたのです。希望の喪失は、そのまま生きる力の喪失でもありました。

二人だけが生き残りました。この二人は、クリスマスと限定せず、「いつか、きっと自由になる日が来る」という永続的な希望を持ち、その時には、一人は自分がやり残してきた仕事を完成させること、もう一人は外国にいて彼を必要としている娘とともに暮らすことを考えていたのです。

事実、戦争はクリスマスの数ヶ月後に終わったのですが、その時まで生き延びた人たちは、必ずしも体が頑健だったわけではなく、希望を最後まで捨てなかった人たちだったと、フランクルは書いています。

希望には叶うものと叶わないものがあるでしょう。大切なのは希望を持ち続けること、そして「みこころのままに、なし給(たま)え」と、謙虚にその希望を委ねることではないでしょうか。

希望には叶わないものもあるが、大切なのは希望を持ち続けること。

希望の喪失は、生きる力の喪失でもある。心の支えがあれば、どんなつらい状況でも耐え抜くことができる。

忍耐

愛する人のために いのちの意味を見つける

障がいがあるわが子のために、どんなにつらくても、生きていてやらねばならないと思うと、一人の卒業生が手紙に書いてくれました。

「生きるべき〝何故〟を知っている者は、ほとんどすべての〝いかに〟に耐える」といったのは、哲学者のニーチェ[※11]です。生きなければならない理由がある人は、どんなに苦しい状況の中でも、生きてゆく方法を見出せるのです。

ナチスの収容所から生還した精神科医のヴィクター・フランクルは、その著書『死と愛』の中に、一人の囚人が結んだ「天との契約」について書いています。この囚人がナチスの収容所に囚われ極限状況の中で耐え抜き、生き延びることができたのは、この契約によるものでした。

その契約とは、天との取引でした。「もし自分が死なねばならない運命ならば、その死は自分の愛する母親に、その分いのちを贈ることになる」という契約でした。また、「自分が死まで苦悩を耐え忍べば忍ぶほど、母親は苦しみの少ない死を迎えることができることになる」という契約でもありました。

このように、自分の死にも苦しみにも、意味を持たせた時にのみ、苦悩に満ちた収容所の生活を耐え忍ぶことができ、死を甘んじて受け入れる覚悟ができたというのです。そして収容所内の、全く無意味としか思えなかった自分のいのちは、このような意味を与えることで、意味あるものとなったのでした。

母親がその時点で、収容所内で生きていたかどうかはわからない。しかし、生死とかかわりなく、精神的に、愛する人への犠牲の喜びと使命が、この囚人を高圧電流が通っている鉄条網に向かって走る、つまり、自殺から救ったのだというのです。忍耐は、それがより大きな意味を持つ時に可能になるのです。

自分のいのちに意味を与えることで、苦しい状況でも生きてゆくことができる。

人は「愛する人のために生きたい」と、思うことでより強くなれる。愛は生きる原動力。

関心と無関心

神は信じる者を拒まない

その詩を、いつ、誰から渡されたのか覚えていないのですが、私の手許(てもと)には「戦死したロシア兵の祈り」があります。それは一人のロシア兵士が、激しい戦闘への出陣を前にした時、初めて気付いた神に語りかけている詩です。「聞いてください、神さま。僕は今まで、あなたの存在について全く知りませんでした。子どもの頃から、あなたなんかいないと聞かされ、そう信じてきました」という言葉で、詩は始まっています。その彼が、生きて戻る可能性のない出撃の夜、頭上にきらめく星を眺めていて、それまで全く無関心だった神の存在と、人間の残酷さに気付いたのでした。

出撃の合図のラッパを聞きながら、兵士は続けます。「もういうことはありません。あなたを知ることができて嬉しいのです。あなたがご存知のように、戦いは激しく、今夜、僕は、あなたのドアを叩きに行くかもしれません。そんな僕が行ったら、入れてくださいますか」

さらに続けます。「僕の目は開かれたのです。さようなら神さま。もう行かなくてはなりません。多分生きては帰れないでしょう。おかしいのでしょうか。僕は、もう、死を恐れてはいないのです」

神の存在に全く無関心であった一人の兵士が、死を前にして、神のみ業(わざ)である満天の星を見た時、その存在に気付き、神と出合い、親しく語りかけている美しい詩です。

作者もわかっていないこの詩を一読して、私は心打たれました。神を知ったがゆえに、心に平安を得たこの兵士は、その夜、神のふところに温かく抱きとられたことでしょう。神は無関心であった者にこそ、いつも愛に溢れた関心を寄せているからなのです。

神さまは無関心で
あった者にこそ、愛に溢れた
関心を寄せている。

神の存在を感じた時、誰でも
心おだやかに過ごすことが許される。

第3章

美しく老いる

いぶし銀の輝きを得る

坂村真民(さかむらしんみん)[※12]という四国の詩人が、八十歳を過ぎて詠(よ)んだ詩の中に、

老いることが
こんなに美しいとは知らなかった
老いることは……
しだれ柳のように
自然に頭のさがること……

と書いています。

老醜（ろうしゅう）という言葉が示すように、とかく老人は醜く、弱々しく、哀れなものと考えられがちです。特に今の日本のように、若さをよいもの、強さを望ましいものと考えがちな世の中には、それらの価値を喪失したものとして、老いを軽んじ侮（あなど）る傾向があります。

私も、いつの間にか八十五歳になりました。坂村真民さんのように、老いることが美しいとは、正直にいって思えていません。ただ、確かに、若い時には考えていなかった一日の重さ、「今日も一日生かしていただく、ありがたさ」を身に沁みて感じ、かつて、できていたことが、できなくなった自分の弱さをいやというほど知って、他人に頭を下げる謙虚さを、いつしか身につけるようになりました。

このような自分の内部に湧いてくる感謝の念と謙虚さが、もしかすると「輝き」となっているのかもしれません。それは、若さが持っている、いのちの溢れとしての輝きではなく、長い間生きてきたことの積み重ねがもたらす、いぶし銀のような輝きなのです。

何かを失うということは、別の何かを得ることでもあります。若い時には、できていたことができなくなる。それは悲しいことだけでは必ずしもなくて、新しい何かを創造してゆくことなのです。今日より若くなる日はありません。だから今日という日を、私の一番若い日として輝いて生きてゆきましょう。これこそは老人に与えられた一つのチャレンジなのです。

毎日を「私の一番若い日」として輝いて生きる。

歳を取ることは悲しいことではない。
新しい何かにチャレンジして、いつも輝いていよう。

歳は私の財産

歳を重ねてこそ学べること

誰しも歳は取りたくないと思いがちですが、ある時、次のような言葉に出合いました。「私から歳を奪わないでください。なぜなら、歳は私の財産なのですから」

この言葉に出合って以来、私の心には、「財産となるような歳を取りたい」という思いが芽生えました。そして、自分らしく生きるということ、時間を大切に過ごし、自分を成長させていかなければならないのだということに、改めて気付かされたのです。

肉体的成長は終わっていても、人間的成長はいつまでも可能であり、すべきことなのです。その際の成長とは、伸びてゆくよりも熟してゆくこと、成熟を意味するのだといってもよいかもしれません。

不要な枝葉を切り落とし、身軽になること、意地や執着を捨ててすなおになること、他人の言葉に耳を傾けて謙虚になることなどが「成熟」の大切な特長でしょう。

世の中が決して自分の思い通りにならないこと、人間一人ひとりは異なっていて、お互い同士を受け入れ許し合うことの必要性も、歳を重ねる間に学びます。そして、これらすべての中に働く神の愛に気付き、喜びと祈りと感謝を忘れずに生きることができたとしたら、それは、まぎれもなく「成長」したことになり、財産となる歳を取ったことになるのです。

成長も成熟も、痛みを伴います。自分と戦い、自我に死ぬことを求めるからです。一粒の麦と同じく、地に落ちて死んだ時にのみ、そこから新しい生命が生まれ、自らも、その生命の中に生き続けるのです。

「一生の終わりに残るものは、我々が集めたものでなく、我々が与えたものだ」

財産として残る日々を過ごしたいと思います。

一生の終わりに残るものは、我々が集めたものでなく、我々が与えたものだ。

人は何歳になっても、精神的に成熟することができる。謙虚になることが成熟の証である。

年の瀬に想う

これまでの恵みに感謝する

「瀬」という一語には、いろいろな意味があると、『広辞苑』は記していま す。浅瀬というように、川の浅くて歩いて渡れるところ。早瀬というように、水流の急なところ。点・節。年の瀬という時、一つの年から次の年にバトンタッチする点・節目と考えていいのではないでしょうか。

年の瀬と聞いて連想するものの一つは除夜の鐘。往く年、来る年の節目をつけてくれます。そして、その時までに済ませないといけない数多くのこと。かくて十二月は師走とも呼ばれ、ふだんは悠然と構えているお師匠さんたちも走り回る忙しさ、慌しさを表しています。

家族構成、生活様式の変化に伴って、かつては年の瀬につきものだったスス払い、大掃除、お節料理ごしらえも、随分と簡略化され、その忙しさから解放されているようです。

私は修道院に入会してからアメリカの大きな修練院に送られたのですが、そこで初めて迎えた「年の瀬」は、それまで経験したことのない雰囲気の中で過ごさせられました。年末の三日間は静修の日として、静けさのうちに過ごすのです。第一日目は、一年間を反省する日、二日目は一年間にいただいた恵みを思いおこす感謝の日、そして三日目は、新しい年をいかに過ごすかという決意をかためる日だったのです。

「きりをつける」という点で、これは年の瀬を過ごすにふさわしい内容でした。平素の忙しさの中で見失っていた「自分の内部」を見つめる機会になりました。

私たちはいつか、自分の「一生涯」にきりをつける日を迎えます。いつ訪れるかわからないこの「年の瀬」に備えて、日々反省して許しを願い、すべてに感謝して過ごすことこそ、年の瀬に想うべきことなのではないでしょうか。

年の瀬は大きな節目。心静かに「自分の内部」を見つめる機会。

年の瀬は一年を振り返る節目の時期。同様にいつか訪れる、人生の「年の瀬」も感謝の気持ちで迎えよう。

老いに
負けない

ふがいない自分と仲よく生きていく

数年前に患った膠原病の治療。その薬の副作用で私は骨粗鬆症になりました。胸椎の八番目と九番目が潰れ、とうとう十一番目の骨がなくなってしまいました。それはもうベッドから起き上がれないほどの痛みです。ようやく歩けるようになりましたが、私の身長は以前に比べ十四センチも縮んでしまったのです。いくら老年になったとはいえ、わが身が不自由になるのはつらいことです。重たい荷物を持てないから、まわりの人に持ってもらわなくてはならない。これまでできていたことができなくなる。そのふがいなさがもどかしくてなりません。

若い頃には、人はたくさんのものを持っています。体力はもちろんのこと、気力や美しさも光り輝いている。その溢れる力があればこそ、多少の悩みなんか吹き飛ばすこともできる。しかし、その若さは永遠のものではありません。健康な体もやがては病に罹り、美しかった肌には幾重もの皺が刻まれていく。でも、嘆いていても何も変わりはしません。嘆いた分だけよくなるのなら、いくらでも嘆けばいい。しかし悩みというのは、嘆いた分だけ大きくなっていくのです。

悩みは、嫉妬に似ていると私は思っています。初めは小さかった悩みも、そこにばかり目をやっていると、どんどん雪だるまのように膨らんでいく。そして、転がりながら小さな悩みさえもくっつけて、自分ではどうしようもないほどに大きくなっていく。そうなる前に、もう一度客観的に自分自身を眺めてみることです。これまで持っていたものを失う。それは悲しいことです。しかし失ったものばかりを嘆いていても前には進みません。ふがいない自分としっかり向き合い、そして仲よく生きていくことです。まわりにはたくさんの人がいます。でも、二十四時間ずっと一緒にいるのは自分だけ。その自分を嫌うことなく大切にしてあげなくてはいけない。悩みを抱えている自分もまた、いとおしく思うことです。

失ったものを嘆いても前には進めない。悩みを抱えている自分も大切に。

嘆いてばかりいては、悩みも嫉妬も雪だるまのように膨らんでしまう。悩みを抱えている自分をいとおしもう。

悩みの
取り扱い

一筋の光を探しながら歩む

同じ悩みを抱えた人たち、例えば、ガンを患っている人同士が集まったり、あるいは伴侶を自殺で亡くした人たちが集まって、そこで互いの気持ちを分かち合ったりする場があります。それはそれですばらしいことだと思います。でも、打ち明けたからといって自分の悩みを100％他人に理解してもらうことは不可能です。

同じガン患者にしても、それぞれに症状は違います。年齢も違えば、置かれた環境もさまざま。同じように配偶者を亡くしたといっても、それまでの夫婦の歴史は全く違うものです。そういう意味で、悩みとは人それぞれのもの。いくら相手に打ち明けたところで、全部をわかってもらうことはできない。相手から打ち明けられたとしても、わかってあげられないもどかしさを感じることがあります。結局、自分の悩みは、自分自身が向き合っていくしかないように私は思うのです。そして言い尽くせなかった悩みは、自分一人でお墓まで持っていく。それもまた人生ではないでしょうか。

人間は生きていく限り、多くの悩みから逃れることはできません。その悩みは大小さまざま。時が解決してくれるものもあれば、どんどん大きくなっていくものもあるかもしれない。それでも人は生きていかなくてはならない。絶望の中にも一筋の光を探しながら、明日を生きていかなければなりません。だから私はノートルダム清心学園の卒業生に、聖書にあるこの言葉を贈るのです。

「神は決して、あなたの力に余る試練を与えない」

いかなる悩みにも、きっと神さまは、試練に耐える力と、逃げ道を備えてくださっている。そう信じています。

神は決して、あなたの力に余る試練を与えない。

人間に悩みはつきもの。けれども、神さまは
試練に耐える力と逃げ道をきっと備えていてくださる。

考える人

老いをチャンスにする

母が四十四歳の時に生まれた私が、大学を卒業して職場で働いていた頃、母はすでに六十も半ばを越していたことになります。「六十にならないと六十のことはわからないよ」という母の言葉を、私は何気なく聞き流していました。

朝食を食べさせて送り出し、夕方七時過ぎに戻ってくる娘のために夕食を作って待っていてくれた母は、一人ぼっちの昼間、淋しかったに違いありません。腰の痛い日もあったろうに、なぜ、もっと優しくいたわってあげなかったのか。「墓にふとんは着せられず」といいますが、母の歳を二十五年も越した今、私は申し訳なく思います。

その母を兄夫婦に託して、三十歳近くで修道院に入った私は、すぐにアメリカに五年派遣され、戻ってからは、東京から程遠い岡山に送られ、翌年三十六歳の若さで、四年制大学の学長に任命されました。

その日から四十数年、学長、理事長、教授等、役職についてまわる忙しさの中にあって、私はひそかに思ったものです。「歳を取って時間ができたら、本を読もう、翻訳もしたい」ところが、歳を取るということは、思ったほど易しいことではありませんでした。今までできていたことが、できなくなり、できたとしても以前より時間がかかります。八十五年も使った〝部品〟が摩滅してゆくのは当たり前なのに、それがなかなか受け入れられません。病気をした結果、背も丸く、低くなり、動作も当然ながら鈍くなりました。

駅の階段をかけ降りてゆく若者の姿、ハイヒールで颯爽と歩く女性の姿に、「私も昔はああだった」と考えること自体、歳を取った証拠です。

老いるということにおいて、一番大切な仕事は、このように、ふがいなくなった自分を受け入れて、いつくしむということだと気付きました。「自己受容」について学生に説いていた講義の実践です。してあげていた自分が、してもらう自分になる。謙虚さが必要になりました。

ところで、老いは、悲しいことばかりではありません。それなりの恵みがあります。持ち時間も体力も、気力さえも確実に減ってゆくのだとすれば、いきおい何もかもでなく、本当に大切なこと、必要なことを選んでするようになります。かくて、老いは人間をより個性的にするチャンスなのです。人間関係にしても、徐々に、量から質へと変わってゆきます。
坂村真民の「冬がきたら」という詩の中の「冬」を、「人生の冬」である高齢期に置き換えて、読んでみるとよいでしょう。

冬がきたら
冬のことだけ思おう
冬を遠ざけようとしたりしないで
むしろすすんで
冬のたましいにふれ
冬のいのちにふれよう

冬がきたら
冬だけが持つ
深さときびしさと　静けさを知ろう……

「冬は……孤独なわたしに与えられた宝の壺である」と結ばれているこの詩は、今の私の老いに対する思いを表しています。

過ぎ去った季節を懐かしむでなく、暖房を入れて冬の寒さと厳しさをまぎらわそうとせず、むしろ進んで、冬の魂と、冬のいのちにふれるのです。このように生きることで、孤独な私の魂の壺の中味は、豊かになってゆくに違いありません。

老いは人間をより個性的にするチャンス。

老いは悲しいことばかりではない。人間関係を「量から質」に変え、自分を豊かにすることができる。

迷い

道は必ず開ける

「迷いに迷ったあげく、産みました」かわいい赤ん坊を抱いて報告に来た卒業生の顔には、苦しみを経験した人にのみ見られる明るさと、大人びた表情がありました。中絶をすすめる周囲からの圧力、産むことによって生じる経済的負担、仕事と育児の両立のむずかしさなどを考慮した末、宿ったいのちを守り抜く選択をした人の美しさでした。

「授業中にシスターが、神は力に余る試練はお与えにならないとおっしゃったでしょう。本当にそうです。何とかやっていきます」といいながら、赤ちゃんにほほえみかけていました。

「私にも抱かせて」と抱きながら、「マリア様、どうぞ、この卒業生が迷った末に選んだ決断をほめてやってください。この幼な子の一生をお守りください」と祈りました。

私たちの一生は、「迷い」の連続といってもよいでしょう。小さなことでは、今日は何を着ていこうかという迷いから、大きなことでは、生死にかかわることについての迷いまで、大小さまざまあります。

迷うことができるのも、一つの恵みです。ナチスの収容所に送られた人々には、迷うことは許されませんでした。すべてが命令による強制であり、人は、選択する自由、つまり、迷う自由を剝奪(はくだつ)されていたのです。

「迷った時には、それぞれのプラスとマイナスを書き出し、重みによって決めなさい」修道生活か結婚生活かの選択に迷っていた私に、上司であったアメリカ人神父が教えてくれたことでした。赤ちゃんを産む決心をした卒業生は、大学での講義を思い出し、プラスの欄に、「神のご加護」と大きく書きこむことにより、自分の迷いに終止符を打ったのでした。

迷うことができるのも、一つの恵み。

迷った時は、「選択する自由」を与えられたと思って
プラスとマイナスを書き出し、その重みによって決める。

意識する

老いは神さまからの贈り物

今まであまり意識しなかったもので、このところ、いやでも意識せざるを得ないのは、「老い」ということです。いまだに教壇に立ち、管理職もさせていただいてはいますが、八十五歳になって、しみじみ思うのは、「若い時には何でもなくできていたことが、できなくなった」ということです。

イエスが、ご復活後、ペトロに仰せになった言葉が身に沁みます。「あなたは、若い時は、自分で帯を締めて、行きたいところへ行っていた。しかし、歳を取ると、両手を伸ばして、他の人に帯を締められて、行きたくないところへ連れて行かれる」

本当にそうです。かがんで自分の靴の紐を結ぶことがむずかしくなったり、階段を前にして、ついエレベーターやエスカレーターを探したりしている自分に気が付きます。とにかく、思うままにならなくなっているのです。

若い時には、時間さえあれば、あれもしよう、これもしたいと考えていたのに、時間があっても、する気にならない自分に気付き、「老い」を意識させられます。八十五年も使ったのですから、部品が傷むのは当たり前と、頭ではわかっていても、ふがいない自分を受け入れるのは、易しいことではありません。

上智大学の学長を務められたホイヴェルス神父[※13]は「最上のわざ」という詩の中で、老いについて、「人のために働くよりも、謙虚に人に世話になり……まことのふるさとに行くために。自分をこの世につなぐ鎖を少しずつ外してゆくこと」と書いておられます。かくて「老い」を意識する時、人は柔和で謙虚にならないといけないのです。

「老いは神の賜物」といい切れる自分にはまだ到達していませんが、いつか、そのように意識できる自分になりたいと願っています。

「老い」を意識する時、人はより柔和で謙虚になることができる。

老いた自分を嘆くのではなく、それを受け入れ、「老いは神の賜物」と意識できる自分をめざそう。

第4章
愛するということ

あいさつ

あなたは大切な人

私の出身校である東京の武蔵野の私立の小学校には、当時の日本のトップリーダーの子女も多く通っていました。その頃珍しい男女共学で、「心の教育」に力を入れ、毎朝、全員が講堂に集まって『心力歌(しんりょくか)』を唱え、大きな鐘の響きとともに始まる凝念(ぎょうねん)に、指を組み心を静めてから教室に入るのです。

入学してすぐ担任からいわれたことの一つは、「校門を通る時、男の子は必ず帽子を取って守衛さんに、先生にするのと同じ態度であいさつしなさい」ということでした。六年間、これを続けている間に、いつしか習慣になり、これが一つのリーダー学であることに気付いたのは、社会に出てからでした。

土の中の水道管
高いビルの下の下水
大事なものは表に出ない
（相田みつを）

私が、今も職場で特に目立たない働きをしていてくれる人たちにあいさつするのは、多分、小学校で身についたことなのです。学生たちにも、「お掃除や草取りをしていてくださる人たちに、ごあいさつするのですよ」といっています。

「給料を払っているのに、あいさつしたり、ありがとうという必要はないでしょう」という若い教師も、いないではありません。それは、大きな考え違いです。あいさつは、身分や立場とは無関係なのです。特に、あいさつしてもらうことの少ない人たちに、あいさつは、「あなたは、ご大切な人なのですよ」と伝える最良の手段であり、お互いが、お互いのおかげで生きていることを自覚し合う、かけがえのない機会なのです。

あいさつは「あなたは大切な人」と伝える最良の手段。

目立たない仕事をしている人へのあいさつを忘れてはいけない。
私たちはお互いに「おかげさま」で生きているのだから。

父と私

九年間に一生分の愛を注いでくれた父

父※14が一九三六年二月二十六日に六十二歳で亡くなった時に、私は九歳でした。その後、母は一九七〇年に八十七歳で天寿を全うし、姉と二人の兄も、それぞれ天国へ旅立ちまして、末っ子の私だけが残されています。事件当日は、父と床を並べて寝んでおりました。七十年以上経った今も、雪が縁側の高さまで積もった朝のこと、トラックで乗りつけて来た兵士たちの怒号、銃声、その中で死んでいった父の最期の情景は、私の目と耳にやきついています。

私は、父が陸軍中将として旭川第七師団の師団長だった間に生まれました。九歳までしかともに過ごしていない私に、父の思い出はわずかしかありません。ただし、遅がけに生まれた私を、「この娘とは長く一緒にいられないから」といって、可愛がってくれ、それは兄二人がひがむほどでした。

軍務を終えて帰宅する父を玄関に出迎え、飛びつくのも、私の特権でした。そんな私に、軍服のポケットにしのばせてきたボンボンをそっと父は渡してくれました。和服に着替えてからは、私を膝の上にのせ、小学校で習っていた論語を一緒に読み、易しい言葉で意味を教えてくれる父でした。読書を何よりも大切にしていた父にとっても、嬉しいひと時ではなかったかと思います。

寡黙（かもく）な人でした。ある日のこと食事で、ふだんは黙っている父が、私たち子どもに、「お母様だって、おいしいものが嫌いじゃないんだよ」といった、そのひと言が忘れられません。母がそっと子どもたちの方に押しやってくれた、おいしいものを、さも当たり前のように食べている私たちへの、父からの注意であり、それはまた、日夜、子どもたちのために尽くしている母へのいたわりとねぎらいの言葉だったのだと思います。

努力の人でした。小学四年までしか学校に行かせてもらえなかった父は、独学で中学の課程を済ませ、陸軍士官学校に優秀な成績で入学、さらに陸軍大学校では、恩賜（おんし）の軍刀をいただいて卒業したと聞いております。決して自慢をする人ではなく、これらはすべて、父の死後、母が話してくれたことです。

外国駐在武官として度々外国で生活した父は、語学も堪能だったと思われます。第一次大戦後、ドイツ、オランダ等にも駐在して、身をもって経験したこと、それは、「勝っても負けても戦争は国を疲弊させるだけ、したがって、軍隊は強くてもいいが、戦争だけはしてはいけない」ということでした。「おれが邪魔なんだよ」と、母に洩らしていたという父は、戦争にひた走ろうとする人々にとってのブレーキであり、その人たちの手によって、いつかは葬られることも覚悟していたと思われます。その証拠に、二月二十六日の早朝、銃声を聞いた時、父はいち早く枕許の押し入れからピストルを取り出して、応戦の構えを取りました。

死の間際に父がしてくれたこと、それは銃弾の飛び交う中、傍で寝ていた私を、壁に立てかけてあった座卓の陰に隠してくれたことでした。かくて父は、生前可愛がった娘の目の前一メートルのところで、娘に見守られて死んだことになります。昭和の大クーデター、二・二六事件の朝のことでした。

「師団長に孫が生まれるのは珍しくないが、子どもが生まれるのは珍しい」

このような言葉に、母の心には私を産むためらいがあったとは、私が成長した時、姉が話してくれたことでした。そしてその時、「何の恥ずかしいことがあるものか、産んでおけ」といった父の言葉で、私は生まれたのだとも話してくれました。

もし、そうだとすれば、三十余名の〝敵〟に囲まれて、力尽きた父が、ただ一人で死んでゆかないために、私は産んでもらったのかもしれないと思うことがあります。

父と過ごした九年、その短い間に、私は一生涯分の愛情を受けました。この父の子として生まれたことに、いつも感謝しております。

父と過ごした九年、
その短い間に
一生涯分の愛情を受けた。

愛情の深さと歳月は比例しない。たとえどんなに短くても、
本物の愛は心を充分に満たしてくれる。

追憶

私を支える母の教え

追憶と思い出は、どう違うのだろうと、『広辞苑』を調べたところ、追憶とは「過ぎ去ったことを思い出すこと」と書いてありました。思い出にまつわる感慨とでもいったらよいのでしょうか。歳を取れば取っただけ、思い出も多くなります。その中で、自分が歳を重ねたからこそ思い出されることといえば、やはり八十七歳まで生きていてくれた母のことです。

母が四十四歳の時に生まれた私は、〝若い母親〟というものを知らずに育ちました。小学校の参観日に、「今日もお祖母様がいらっしゃったのですね」

といわれて、淋しい思いをしたこともありました。

私自身が八十を越した今も、昔、母からいわれたいくつかの注意を守っています。「駅には三十分前に着いているように。交通信号が青の時は、一度赤になるのを待って、次の青で渡りなさい。途中で赤になると危ないから」

周囲の人たちに呆（あき）れられ、笑われますが、私にとっては、母を思い出す懐かしい機会なのです。そこにはいつも、「いつ、何が起きるかわからないから、いつも準備しておきなさい」という、母の愛情がありました。

母は、高等小学校しか出ていませんでしたが、子どもたちには最高の教育を受けさせてくれました。口応えをいっさい許さず、ぜいたくもさせてくれなかった厳しい母でしたが、私は世界で一番よい母に育ててもらったと思っています。

十億の人に十億の母あらむも
わが母にまさる母ありなむや

暁烏敏（あけがらすはや）[※15]が六十歳の時に詠んだといわれる歌が、しみじみ心に沁みるこの頃です。

いつ、何が起きるかわからないから、いつも準備をしておく。

自分が歳を重ねたからこそ、身に沁みる教えがある。
経験を積み重ねたからこそ、伝えておきたい言葉がある。

許すための「ゆとり」

2%の余地

私は今、大学生に、「人格論」という授業を教えています。人間は一人ひとり「人格」、「Person（パーソン）」なんだと。自ら判断して、その判断に基づいて選択、決断して、その決断したことに対しては責任をとる、そういう人がパーソンと呼ばれるに値する。右を向けといわれてただ右を向き、一人では渡らないのに、みんなが渡るから赤信号でも渡る。そういう人は人間だけれども人格ではない、というような話をしています。

「人格」である限りは、あなたと相手は違いますし、違っていていいのです。

相手もあなたと同じ考えを持たないで当たり前。「君は君　我は我也　されど仲よき」という、※16武者小路実篤さんの言葉があったと思います。そういう気持ちが大事なのです。自分が一個の人格である時、初めて他人とも真の愛の関係に入れるのです。みんな自分は自分、あなたはあなた。私と違うあなたを尊敬する。相手の人も、自分と違う私を尊重してくれる。そして、その間に愛というものが育っていきます。一人ひとりは別なのです。

失恋にしても、あなたの失恋した時の淋しさと悲しさと、失恋をしたお友だちの淋しさと悲しさは違います。しなかった人と比べたら、ある程度、理解できるかもしれないけれど、「私も経験したからわかるわ」といい切るのは思い上がりではないでしょうか。

この間学生に、「お父様を亡くした友だちに何と声をかけてやったらいいでしょうか。シスターだったら何といわれますか」と聞かれました。私が答えたのは、「ただ傍にいて手を握ってあげていたらいいと思う。何をいったら相手が慰められるだろうかじゃなくて、あなたの、本当に相手を想う気持ちが大事なんだから。手を握らないでも傍にいてあげるだけでいい」と。「『私も父親を亡くしたのよ。だからあなたの悲しさはよくわかるわ』なんていうことはあまり安易にいわないようにしなさい」と。

あなたがお父様を亡くして悲しかったその悲しみと、お友だちがお父様をお亡くしになっての悲しみとは、決して同じではない。お互い別々の人間だから、共通するところもあるけれどもわかり切れないところもあるのです。

人間は決して完全にわかり合えない。だから、どれほど相手を信頼していても、「100%信頼しちゃだめよ、98%にしなさい。あとの2%は相手が間違った時の許しのために取っておきなさい」といっています。

人間は不完全なものです。それなのに１００％信頼するから、許せなくなる。１００％信頼した出会いはかえって壊れやすいと思います。「あなたは私を信頼してくれているけれども、私は神さまじゃないから間違う余地があることを忘れないでね」ということと、「私もあなたをほかの人よりもずっと信頼するけど、あなたは神さまじゃないと私は知っているから、間違ってもいいのよ」ということ……。そういう「ゆとり」が、その２％にあるような気がします。

間違うことを許すという「ゆとり」。それは、教師との間にしてもお友だち同士にしても大事なことです。

この話をすると、学生たちが初めは「えっ？」という顔をします。「シスターは不信感を植えつけるのですか」「シスターのことだから、120%相手を信頼しなさいというと思っていた」と。でも「その2%は許しのため」というと納得します。私でも、100%信頼されたら迷惑だといいます。私も間違う余地を残しておいてほしいから。誠実に生きるつもりだけれど、間違うこともあるかもしれないし、約束を忘れることもあるかもしれない。そういう時に許してほしいから。

信頼は98%。あとの2%は相手が間違った時の許しのために取っておく。

この世に完璧な人間などいない。心に2%のゆとりがあれば、相手の間違いを許すことができる。

愛は近きより

二〇〇一年に、東京の新大久保駅構内で、プラットホームから落ちた男性を救おうとして、二人の男性が線路に降りたものの、結果的に三人とも死亡してしまったという事故がありました。

今時、不慮の死であっても、よほどのニュースバリューがないとメディアは大きく扱おうとしません。ところが、この場合は違いました。翌朝、新聞各紙は一面に、これを大きく報道し、犠牲となった二人の行為を英雄的なものとして称(たた)え、悼(いた)んだのです。ある英字新聞も第一面に「Two Samaritans」

という大見出しでこれを報じました。「二人のサマリア人」という見出しは、聖書を読んだことのない人には理解しにくいものだったかもしれません。これは、聖書の中に書かれている有名なたとえ話の一つです。

一人の律法学者がキリストに向かって、永遠のいのちを得るために何が必要かと尋ねました。そしてそれが、「心を尽くして神を愛し、隣人をも自分自身のように愛することだ」と聞かされた時、重ねて尋ねたのです。「私の隣人とは誰ですか」

「善きサマリア人のたとえ」は、この問いに対してキリストが語ったものです。

ある日のこと、一人のユダヤ人が歩いていて強盗に襲われ、身ぐるみ剝（は）がされ、打ちのめされて道ばたに横たわっていました。一人の祭司がその傍を通りかかりましたが、けが人を見て、道の反対側を通って行きました。次に同じく、神殿に仕えるレビ人が来ましたが、この人もけが人を見て、道の反対側に渡って、そのまま通り過ぎてしまいました。通りかかった三人目は、ふだんユダヤ人とあまり友好的でないサマリア人の旅人でした。彼はけが人を見ると憐れに思い、自分のろばにのせ、近くの宿屋へ連れて行き、主人に金を渡して介抱を依頼した後、自分の旅を続けました。

ここまで話してからキリストは、律法学者に問い返します。「あなたはこの三人の中で、誰がけが人に対して隣人として振る舞ったと思うか」そして、「その人を助けた人です」という答えに対していうのでした。「行って、あなたも同じようにしなさい」

隣人は誰か、と定義を求めた律法学者に対して、キリストがいいたかったのは、誰にせよ、困っている人の隣人になりなさいという、愛の実践の重要性です。「二人のサマリア人」という英字新聞の見出しは、窮地に陥っていた見ず知らずの人に手を差し伸べようとした二人という意味で、当を得たものでした。

おおよその日本人は、この記事に心揺さぶられたのではないでしょうか。二人が取った行動は単なる美談にとどまらず、私たちに、〝忘れもの〟を思い出させてくれたのです。「人に迷惑をかけなければいい」という価値観以外に、「人のために進んで何かする」ことの大切さを示すものでした。少なくとも私は、このことに心を動かされました。

「人に迷惑をかけない」ということは、私たちが守らないといけない基本的ルールの一つです。ノートルダム清心女子大学附属幼稚園の園長を兼任していた頃、入園テスト時に母親と面接し、家庭で気をつけていることを尋ねると、多くの方が、「人に迷惑をかけないようにしつけています」と答えました。これも重要なことですが、教育のどの時点かで、「進んで助け合うこと」「弱い人の手伝いをすること」といった積極的な愛と奉仕の必要性と喜びを、子どもたちに伝えていかないといけません。「愛は近きより（Charity begins at home.）」といわれます。施設、被災地への奉仕、ボランティアも、もちろん大切なことですが、同じその人たちが、自分の家庭、日常生活の中で、進んで人のために働いているか、人を許し、愛しているかが問われるのです。大学は「定義」とか「理由づけ」を重んじるところです。しかし同時に、大学が人間形成の場であること、愛と奉仕の実践を習得する場であることも忘れてはなりません。

大切なのは「人のために進んで何かをする」こと。

「人に迷惑をかけない」からもう一歩進んで、「手を差し伸べる」気持ちが愛の実践につながる。

マザー・テレサの祈り

祈りの言葉を花束にして

マザー・テレサがおっしゃった言葉の一つに、「祈りを唱える人でなく、祈りの人になりなさい」というものがあります。これは決して、口に出して唱える祈りを否定するものではなく、祈りに心がこもっているか、祈りの内容が自分の日々の生活に沁み通り、実行されているかどうかを問う厳しい言葉と、私は受けとめました。

一九八四年のことでした。マザーは、朝早く新幹線で東京を発ち広島へ行かれ、原爆の地で講演をなさった後、岡山にお立ち寄りになりました。そして再び夜六時から九時頃まで、三つのグループに話されました。

通訳をしていて感心したのは、馴れない土地での長旅、数々の講演にもかかわらず、七十四歳のマザーのお顔に、いつもほほえみがあったことでした。その秘密は、宿泊のため修道院にお連れしようと、二人で夜道を歩いていた時に明かされました。マザーは静かに、こう話されたのです。「シスター、私は神さまとお約束がしてあるの。フラッシュがたかれる度に、笑顔で応じますから、魂を一つお救いください」〝祈りの人〟であったマザーは、何一つ無駄にすることなく、祈ることを実行されていたのです。ご自分の疲れも、煩わしいフラッシュも、神との交流である祈りのチャンスにして、人々の魂の救いに使ってくださいと捧げていらしたのです。

神は、私たちが痛みを感じる時、それを捧げるもの、神への「花束」とする時、その花束を、単なる祈りの言葉よりもお喜びになるのです。私たちは、とかく、自分中心の願いを〝祈り〟と考えがちですが、祈りには、痛みが伴うべきではないでしょうか。私も日々遭遇する小さな〝フラッシュ〟をいやな顔をせず、笑顔で受けとめ、祈りの花束にして神に捧げたいと思っています。

日々遭遇する小さな苦しみを
笑顔で受けとめ、
祈りの花束にして神に捧げたい。

自分のためではなく、誰かのために祈る時
祈りは愛の花束となって輝く。

ぬくもりと優しさ

愛情は言葉となってほとばしる

マザー・テレサの修道会では、シスターたちの仕事の一つに、空腹の人たちへの炊き出しがあります。パンとスープを、列を作って待っている人々一人ひとりに渡す仕事です。何十人、時には百人以上の人々に配り終えて戻って来るシスターたちに、マザーは、その労をねぎらいつつも、次の問いかけを忘れません。「あなたたちは、受け取る一人ひとりにほほえみかけたでしょうね。ちょっと手に触れて、ぬくもりを伝えましたか。短い言葉がけを忘れはしなかったでしょうね」

このようにすることは、渡す側にとっては、面倒なことだったかもしれません。しかしながら受け取る側にしてみれば、その日初めてもらえた人間らしい扱いだったに違いないのです。

ソフトを組み込んでおけば、スープボウルの受け渡しはロボットにでもできます。むしろ効率的にするかもしれません。しかし、ロボットにできないこと、それは、「生きていてもいなくても同じ」と考えているホームレスの人たちに、「生きていていいのですよ」というメッセージを、ぬくもりと優しさで伝えるほほえみであり、短い言葉がけです。

言葉には、そこに愛がこめられている時、起死回生の力があるのです。マザー・テレサはいっています。「私たちには偉大なことはできません。しかし、小さなことに、大きな愛をこめることはできるのです」

「寸鉄人を殺す」という言葉があるように、短い言葉でも、相手を殺しもすれば、生かすこともできるのです。

かつて長野県に存在していたある私立の高等学校は、むずかしい問題を抱えて全国から来た高校生の多くがそこで生活し、更生して卒業してゆくことで知られていました。校長先生が著した本の中に、生徒たちを生かした言葉が語られています。

この学校では、生徒を評価するのに、「しか」を使わず、「なら」を使ったというのです。

「○○は、足し算しかできない」といわないで、「○○は、足し算ならできる」という。これは、単なるいい回しの違いではなく、教師の心とまなざしの違いです。生徒のできない点を強調するのでなく、できる点を強調する教師の心に宿る、生徒一人ひとりへの愛情と、そのほとばしりが、言葉となって表れ、生徒を生かしたのでした。

言葉は、いつまでも生きものであってほしい。相手を生かし、自分も力づけられる、血のかよった、ぬくもりのある言葉を、そして、その言葉が使える自分を、無機質なものの溢れる中で、しっかり守ってゆきたいと思います。

相手を生かす
ぬくもりのある言葉を
使える自分でありたい。

言葉ほど恐ろしいものはない。使い方を間違えれば
凶器にもなる。言葉を無機質なものにしてはいけない。

私に
できること

「小さな死」を神に捧げる

東日本大震災は、二万人近くの死者と行方不明者を出し、今もなお、多くの人が不自由な生活を強いられています。

二〇一一年三月十一日の朝、亡くなった人のうち誰が、その日、自分の生命が失われると思って床から起きたでしょう。「死は盗人のように来る」と、いわれている通りで、年齢、性別、地位、財産などとかかわりなく、私たち一人ひとりは、いつか必ず、死を迎えねばならないのです。

「人は、生きたように死ぬ」ともいいますが、これは必ずしもそうではなく、生涯を弱者のために尽くした人が、理不尽としか思えない死を遂げることもあります。

それならば「いい加減に」生きてもいいではないかというのも、一理ありますが、反対に、わからないからこそ、「ていねいに」生きることもできるのです。ノートルダム清心女子大学は、この後者の生き方をする人たちを育てたいと考えています。

では、ていねいに生きるとは、どういう生き方なのでしょう。数年前、私は「ひとのいのちも、ものも、両手でいただきなさい」という言葉に出合いました。そしてこれは、私に、ていねいに生きる一つのヒントになりました。

誰が考えてもよいもの、ありがたいもの、例えば賞状、卒業証書、花束などを両手でいただくのには、何の抵抗もないでしょう。しかし、自分がほしくないものだと、そうはいきません。拒否したい、突き返したいようなものが差し出された時、果たして、それらを受けとめるだけでなく、両手でいただく心になれるだろうか、と私は、自分に問いかけ続けています。

聖書の中に、「神は真実な方です。あなたがたを耐えられないような試練に遭わせることはなさらず、試練と共に、それに耐えられるよう、逃れる道をも備えていてくださいます」（コリントⅠ・10・13）とあります。

ノートルダム清心女子大学の創立者ジュリー・ビリアートは、まさに、この聖書の言葉を信じて、自分に与えられた数々の試練、二十年余におよぶ病苦、宗教的迫害、教会関係者の無理解と中傷などを、「両手でいただき続け」、ほほえみを忘れず、「善き神のいかに善きこと」と言い続けて、六十余年の生涯を終えた人でした。したがって、「ていねいに生きる」ことは、この大学の建学の精神となっているのです。

何事もリハーサルしておくと、本番で落ちついていられるように、大きな死のリハーサルとして、〝小さな死〟を、生きている間にしておくことができます。

〝小さな死〟とは、自分のわがままを抑えて、他人の喜びとなる生き方をすること、面倒なことを面倒くさがらず笑顔で行うこと、仕返しや口答えを我慢することなど、自己中心的な自分との絶え間ない戦いにおいて実現できるものなのです。

「一粒の麦が地に落ちて死ねば多くの実を結ぶ」ように、私たちの〝小さな死〟は、いのちを生むのです。

聖フランシスコの「平和の祈り」は、「主よ、私を、あなたの平和のためにお使いください」という祈りの後に、記しています。

慰められるよりも慰めることを
理解されるよりも理解することを
愛されるよりも愛することを
望ませてください。私たちは
与えることによって与えられ
すすんで許すことによって許され
人のために死ぬことによって
永遠に生きることができるからです。

このように〝小さな死〟はいのちと平和を生み出します。それは、マザー・テレサが求めていた〝痛みを伴う愛〟の実践でもあるのです。被災者が一日も早く安心できる生活に戻れるための救援物資、募金、奉仕もさることながら、私の今日の〝小さな死〟を、神は喜んで使ってくださいます。日々の生活に否応なく入り込む一つひとつのことを、ていねいにいただくことで、痛みながら、平和といのちを生み出していきましょう。

「ていねいに生きる」とは、自分に与えられた試練さえも、両手でいただくこと。

すすんで人のために自我を殺すことが、
平和といのちを生み出す。

人名・用語解説

※1 八木重吉　キリスト教詩人。師範学校在学時より教会に通い、一九一九年に洗礼を受ける。一九二三年頃から短歌や詩を書き始め、一九二五年に詩集『秋の瞳』を刊行。その後、数多くの詩を手がけるも、結核のため二十九歳の若さで死去。戦後、キリスト教詩人として評価が高まり、多くの詩集が出版される。（一八九八〜一九二七）

※2 大言海　明治時代に大槻文彦が生涯をかけて編纂した『言海』を増補改訂した国語辞典。

※3 心のともしび運動　アメリカ人司祭ジェームス・ハヤットと盟友のグレアム・マクドナルによって創始された宗教法人「カトリック善き牧者の会」の対外的名称。カトリック系宣教番組『心のともしび』を、ラジオ、テレビ、インターネットで放映している。「暗いと不平をいうよりも、進んであかりをつけましょう」を運動スローガンとしている。

※4 アッシジの聖フランシスコ　本名は、ジョヴァンニ・ディ・ベルナルドーネ（Giovanni di Bernardone）。悔悛と神の国を説いた、シエナのカタリナとともに知られるイタリアの守護聖人。中世ヨーロッパにおいて、忌み嫌われていたハンセン病（らい病）患者

に対し、その体を強く抱き締め、病者に対する慈愛の念を示した。キリスト教の根本精神である「弱者への献身・病者への慈愛」を実践し示した。フランシスコ修道会では、贅沢と安楽を戒め、清貧の思想が徹底された。（一一八二〜一二二六）

※5 河野進　玉島教会名誉牧師。岡山にある国立ハンセン病療養所での慰問伝道に五十年以上の間たずさわるかたわら、多くの詩を手がけた。（一九〇四〜一九九〇）

※6 マザー・テレサ　カトリック教会の修道女。修道会「神の愛の宣教者会」の創立者でもある。「マザー」とは、修道会の設立者への敬称。「テレサ」は修道名。コルカタ（旧カルカッタ）で始まった貧しい人々のための活動は、修道女たちによって全世界に広められた。その活動は生前から高く評価され、一九七三年にテンプルトン賞、一九七九年にノーベル平和賞、一九八〇年にバーラ・ラトナ賞など多くの賞を受ける。（一九一〇〜一九九七）

※7 羽仁もと子　日本初の女性ジャーナリスト。自由学園の創始者。一九二一年、キリスト教精神に基づいた理想教育を実践するため、東京の西池袋（旧目白）に自由学園を創立。その名称は新約聖書の「真理はあなたたちを自由にする」（ヨハネによる福音書8・32）に由来している。（一八七三〜

一九五七）

※8　相田みつを　詩人・書家。書と言葉を融合させた独特のスタイルを確立し、いのちをテーマとした多くの作品を残す。詩集『にんげんだもの』をはじめ、『雨の日には…』『生きていてよかった』など数多くの詩集が刊行されロングセラーになっている。（一九二四～一九九一）

※9　カール・ロジャース　アメリカの臨床心理学者。ＹＭＣＡ活動を通じてキリスト教に興味を持ち、牧師を目指すため神学校に入学するも、牧師を目指す道に疑問を感じ、コロンビア大学教育学部で臨床心理学を学ぶ。クライアントの心情を感情移入的に理解し、ありのままを受け入れる共感的理解というカウンセリング手法は、戦後の日本のカウンセリングに大きな影響を与えた。（一九〇二～一九八七）

※10　ヴィクター・フランクル　ヴィクトール・エミール・フランクル（Viktor Emil Frankl）。オーストリアの心理学者、精神科医。ユダヤ人のため、第二次世界大戦中にはナチスによりアウシュビッツの収容所に収容された。多くの著書があり、世界各国で翻訳されている。日本語訳も多く重版されている。（一九〇五～一九九七）

※11　ニーチェ　フリードリヒ・ヴィルヘルム・ニーチェ（Friedrich Wilhelm Nietzsche）。

ドイツの哲学者、古典文献学者。（一八四四～一九〇〇）

※12 **坂村真民**　仏教詩人。一九四六年から愛媛県で高校の国語教師を務め六十五歳で退職。その後、詩作に専念。一遍上人の信仰に随順して、仏教精神を基調とした詩を数多く残す。（一九〇九～二〇〇六）

※13 **ホイヴェルス神父**　ヘルマン・ホイヴェルス（Hermann Heuvers）。ドイツの修道士。一九〇九年にイエズス会に入会。一九二三年に来日し、一九三七年から一九四一年まで上智大学の第二代学長を務める。生涯を通じて、日本での宣教に捧げた。詩や歌劇をはじめ数多くの作品を残す。（一八九〇～一九七七）

※14 **父**　渡辺錠太郎。昭和初期の軍人で二・二六事件の犠牲者の一人。（一八七四～一九三六）

※15 **暁烏敏**　真宗大谷派の僧侶、仏教学者。真宗大学在学時から俳句を作り、号は「非無」。高浜虚子に師事し、詩や俳句を多く残した。（一八七七～一九五四）

※16 **武者小路実篤**　作家、詩人。有島武郎や志賀直哉とともに雑誌「白樺」を創刊。独特な口語文体で、個人や人間生命を賛美した作品を残す。代表作に『或る男』『お目出たき人』『友情』『真理先生』などがある。（一八八五～一九七六）

文庫版あとがきにかえて
——「自分との闘い」を経て初めて人は幸せになれる

置かれた場所で咲くということ

この本のタイトルとなった「置かれた場所で咲きなさい」という言葉は、かつて宣教師として日本に赴任していた、ある神父さまからいただいた英詩の一節です。本来の意味は、「神様がお植えになったところで咲きなさい」。この言葉は、私の心に深く刻み込まれました。

ノートルダム清心女子大学には約二四〇〇名の学生が在籍していますが、

その中でクリスチャンは一〇名ほど。必ずしも「神様」という言葉を使わなくてもいいと思い、「置かれた場所で咲きなさい」と、学生たちに言い聞かせています。

私が修道会の命を受け、本学に派遣されたのは、三五歳のときです。その翌年、当時の学長の急逝によって、思いがけず三代目の学長に任命されました。それまでは、七〇代のアメリカ人が学長を務めていましたから、私はその半分ほどの年齢です。しかも、東京育ちで岡山に来て間もない私は、長く岡山で仕事をしてきたシスターたちにとってはよそ者。自分の置かれた立場に戸惑い、疎外感を覚えることもありました。

その状況を受け止めきれなかった私は、上京した折、元の職場の上司だった神父さまに「修道院をやめたい」と訴えました。すると神父さまは、「あなたが変わらなければ、どこに行っても、何をしても同じですよ」と。その言葉は、私の心に強く響きました。

岡山に戻った後、ベルギー人の神父さまから渡されたのが、「置かれた場所で咲きなさい」で始まる詩です。学長という立場で四苦八苦する私を見るに見かねて、くださったのでしょう。その詩には続きがありました。

「咲くということは、仕方がないと諦めることではありません。それは自分が笑顔で幸せに生き、周囲の人々も幸せにすることです」

置かれた場所を変える、あるいは周囲の人に変わってもらうのではなく、置かれた場所を自分の居場所として、あなた自身が変わりなさい。そのメッセージを、二人の神父さまからいただいたのです。

自分が変わることで周囲にも変化が

それまでの私は、「周囲の人が優しくしてくれない」「あいさつしてくれない」などと嘆いてばかりいました。つまり、相手の態度が変わることを求めていたのです。でも、それではいつまでたっても何も変わりません。自分自身が変わらなければいけない。そう気づいた私は、自分の態度を変えることに力を注ぎました。

すると、自然に周囲の対応も変わってきました。私からあいさつをすると、気持ちよくあいさつを返してくれる。「ありがとう」と言えば、素直な気持ちで答えてくれる。自分が変わり始めたら、学校が明るくなったのです。

今、ノートルダム清心女子大学には、不本意で入ってくる学生もいます。

国公立を落ちた、都会に出たくても親が県内しか許してくれない、といった理由からです。今は不本意でもいい。卒業するときにこの大学に来てよかった、という気持ちになってほしい。その思いを込めて、入学式では「置かれた場所で咲きなさい」という言葉を新入生に贈っています。

幸せは自分の心が決めることです。人が幸せにしてくれるのを待っていても、年を取るだけ。自らが咲く努力をするしかありません。でも、どうしてもここでは咲けないと見極めたら、場所を変えたらいい。その自由は奪っていません。私の教え子の中にも、離婚をして幸せになった、あるいは転職をして幸せになった人もいます。ただし、置かれた場所のせいにばかりして、自分が変わる努力をしなければ、決して幸せを得ることはできないのです。

「おかげさま」の心を大切に

幸せとは、「よいものに取り囲まれている状態」だと私は思っています。

かつて、ある小学生が、「僕は、宿題のない土曜日に、こたつに入ってみかんを食べながら、好きなテレビを見るときが一番幸せだ」と言いました。その子にとっては、それらすべてが「よいもの」なんですね。

例えば、自分がよいと思う友人と共に、よいと思う食事をする。たとえ豪勢な食事でなくても、着ている服が高価なものでなくてもいいのです。自分に足りないものを考えるのではなく、今自分がすでにいただいているものに、どれだけ感謝できるか。それが、幸せを作り出していく秘訣ではないでしょうか。

私は「おかげさま」という気持ちをもつことが大切だと思っています。学生たちは、「家が貧しいせいで」「親が言うことを聞いてくれないせいで」などと、「せいで」という言葉をよく使います。私は、その言葉が好きではありません。いつも「おかげさま」と考えるようにしています。病気をしたら病気になったおかげで、人から中傷されたら中傷されたおかげで、自分自身を見直すことができた、と。つらいことや苦しいことが起きたとき、悪いことばかりを見るのではなく、そこから何が得られるか、と視点を変えてみることが大切だと思います。

人生には、思いがけない穴が開くことがあります。それは病気であったり、大切な人の死であったり、信じていた人の裏切りであったり……。私の人生にも、たくさんの穴が開きました。うつ病にもなりましたし、膠原病にもなりました。そのとき、私も愚痴をこぼしました。どうしてこんな目に遭わなければならないのか、と。

六〇代のときに膠原病になり、薬の副作用のために骨粗鬆症になって、今まで三度骨折をしています。そのため、身長が一四センチも縮んで、背中が丸くなってしまいました。そんな自分を受け入れるのは難しいことでした。街を歩くときも、ショーウインドウに映る自分の姿を直視することができませんでした。

でも、そういう自分があったからこそ、同じような苦しみを抱えた人たちの気持ちが少しはわかるようになりました。病気という穴が開いたことで、それまで見えなかったものが見えるようになったのです。やはり、「おかげさま」なんですね。

自分との闘いが必要

人生に穴が開いたときに、マイナスの感情が起きるのは仕方がありません。人から裏切られれば、腹が立つでしょう。仕返しをしたいと思うかもしれません。そのとき、「あの人のおかげで私は学んだ」と思えるようになるために、つまり自分を変えていくためには、自分自身との闘いが必要です。自分との闘いなしに、人は幸せになることはできないのです。

私の母は、「人の大きさは、その人の心を乱すものの大きさでしかない」とよく言ってくれました。私が子どもの頃、人の悪口を言ったり、くよくよしたりしていると、「人に何かをされたことで腹を立てているとしたら、あなたはその大きさでしかないのよ」と。今の自分を乗り越えなさい、自分との闘いに打ち勝ちなさい、と言いたかったのだと思います。

それは、「自分は何を言われても、怒ったり根に持ったりするような人間ではない」といい人ぶることではありません。理不尽な目に遭えば、私も腹が立ちます。でも、腹を立てても物事がよくなるわけではないから、腹を寝かせておくわけです。それを可能にするのは、自分との対話であり、自分との闘いでしかないのです。

今日は自分の一番若い日

今、私は八六歳ですが、八〇歳を過ぎて初めて、老いをつらいこと、悲しいことと思うようになりました。今まで三〇分でできたことが一時間かかる。以前は目の前に原稿用紙があれば何か文章を書いていたのに、書く気が起こらない。手すりにつかまって歩くことも増えました。そういう意味で、ふがいなさを感じることもあります。

でも、老いにもそれなりの恵みがあります。老いたことによって、今までは人にしてあげていたことを、してもらうようになります。そのとき、人は謙虚になれるのです。また、体力や気力が減っていくのに伴い、本当に必要なことや大切なことを選んでするようになる。つまり、より個性的になれるということです。そして、今日も一日、生かしていただくことに対して、感謝の気持ちをもてるようになりました。これは、年を取らなければわからなかったことです。

老いるということにおいて最も大切なことは、ふがいない自分を受け入れ、いつくしむことです。すると、笑顔が生まれます。作り笑顔ではなく、自分との闘いの末に身につけた笑顔は、人に伝播していきます。微笑まれた相手も、微笑んだ自分も、心豊かになれる。そこには幸せが生まれてくるのです。
今日という日は、これまで生きてきた中で一番年を取った日であると同時に、未来の自分から見れば、一番若い日です。今日という日を自分の一番若い日として明るく生きましょう。そして感謝を忘れないことが大切です。当たり前のことをありがたいと感謝の気持ちで受け止め、不幸や災難、苦しみにさえも意味を見出して、「おかげさま」と感謝できるとき、私たちは幸せを感じ取ることができるのです。

「清流」2014年1月号掲載
（協力＝佐藤　令）

解　説——相手を許す「2%」の余地

日野原重明

近ごろ私の心に響いた言葉があります。岡山市のノートルダム清心学園の理事長を務めるシスター、渡辺和子さんが今年、『置かれた場所で咲きなさい』と題した著書を出版されました。その中にある言葉の数々です。

渡辺さんは9歳の時、二・二六事件により、軍人だったお父様を亡くされました。のちに30代の若さでノートルダム清心女子大の学長となられ、27年間、在職されました。85歳で出版された今回の著書には、次のような人生の金言がたくさん詰まっています。

「(人を信頼するのは) 98%にしなさい。あとの2%は相手が間違った時の許しのために取っておきなさい」「私も間違う余地を残しておいてほしいから。誠実に生きるつもりだけれど、間違うこともあるかもしれない」

その通りだと思います。聖書の言葉にも、「自分の罪が許されるように、人の罪をも許すこと」とあります。「裏切られた」と落胆するのでなく、その人を許すことが、ひいては、あなた自身を救うことにもなるのです。

日本には「謙譲の美徳」という考え方がありますが、競争社会の今日、その徳は失われつつあります。子どもは親の行動を見ています。「人に譲る」という、謙虚な言動を教えることも、大事な親の役割だと思います。

自らの不遇を嘆く人々にも、渡辺さんはこう語りかけます。「置かれたところこそが、今のあなたの居場所」「咲けない日があります。その時は、根を下へ下へと降ろしましょう」。励みになる言葉です。陽があたる場所があれば、日陰もある。昼もあれば、夜もある。夜が長く続いたなら、私たちは窓を開け、月の光を入れて過ごせばいいのです。

画家で詩人の竹久夢二の詩をもとにした「宵待草」という歌をご存じでしょうか。

「待てど暮らせど　来ぬ人を／宵待草の　やるせなさ／今宵は月も　出ぬさうな」

月のない夜も、この歌を心で歌えば、つらさに耐えることができるというものです。

マザー・テレサは信仰心を、貧しい人々への奉仕という行動で表しました。

私たちは不幸に出合うと「なぜ私が？」と周囲を恨みがちですが、辛い経験をしてこそ、初めて他人の辛さも分かり、思いやりの心が芽生えるのだと思います。

——聖路加国際大学名誉理事長

朝日新聞「101歳・私の証　あるがま、行く」
2012年10月27日掲載

追悼の記事

朝日新聞「天声人語」　2017年1月4日

雪の朝、愛する父親が自分の目の前で凶弾に倒れる――。壮絶な体験は9歳の少女の胸にかくも深い傷を与えるものか。昨年暮れに89歳で亡くなったノートルダム清心学園理事長、渡辺和子さんの生涯を著書や記事でたどってしばし考え込んだ。

陸軍教育総監だった父渡辺錠太郎氏は昭和11（1936）年2月26日、自宅で青年将校らの銃弾を浴びた。和子さんは座卓のかげで難を逃れた。怒声、銃声、血の跡が恨みとともに胸の底に刻まれた。長じてカトリックの道に進むが、いくら修養を積んでも恨みは消えない。

意を決して、父をあやめた将校らの法要に参列したのは2・26事件の50年後。「私たちが先にお父上の墓参をすべきでした。あなたが先に参って下さるとは」。将校の弟が涙を流した。彼らも厳しい半世紀を送ったことを初めて知り、心の中で何かが溶けたという。

晩年まで過ごしたのは、岡山市にある学内の修道院。静穏な日々ばかりではなかった。30代で学長という大役を任され、管理職のストレスに悩んだ。50代で過労からうつ症状に陥り、60代では膠原病（こうげんびょう）に苦しんだ。

80代で刊行した随筆『置かれた場所で咲きなさい』が共感を得たのは、父の悲劇を含め自らのたどった暗い谷を率直につづったからだろう。

「つらかったことを肥やしにして花を咲かせます」「でも咲けない日はあります。そんな日は静かに根を下へ下へおろします」。いくつもの輝く言葉を残し、80年前の雪の朝に別れた父のもとへ旅立った。

産経新聞「産経抄」　2017年1月3日

220万部を超えるベストセラーになった『置かれた場所で咲きなさい』に、八木重吉の詩が引用されている。〈神のごとくゆるしたい　ひとが投(な)ぐるにくしみをむねにあたため　花のようになったらば神のまへにささげたい〉

憎しみを花に変えるのが、どれほど困難か。誰よりも痛感しているのが、著者の渡辺和子さん（89）である。元旦の新聞に、ノートルダム清心学園理事長だった渡辺さんの訃報が載っていた。

昭和11年2月26日早朝、陸軍教育総監だった渡辺錠太郎宅に約30人の兵士が押し入り、教育総監を惨殺した。襲撃の指揮を執ったのは、安田優（ゆたか）少尉ら青年将校である。当時9歳だった次女の和子さんは、一部始終を目撃していた。事件の半年後、将校たちは処刑される。渡辺さんは戦後、シスターとしての道を歩んだ。

二・二六事件から50年たった61年夏、将校の遺族が営む法要に、修道服姿の渡辺さんの姿があった。反乱軍の汚名を受けた遺族たちの苦しみを知り、出席を決意したという。安田少尉の弟、善三郎さんは、渡辺さんの前で深く頭を下げながら涙をこぼした。以来、家族ぐるみの交流が続いてきた。

昨年末、米ハワイの真珠湾で安倍晋三首相は、米国民の「寛容の心」に感謝を示し、「和解の力」を強調した。もっとも世界を見渡せば、「ひとが投ぐるにくしみ」ばかりが満ち、テロが頻発する。韓国・釜山の日本総領事館の前には、慰安婦像が設置された。日韓両国が合意しても、「日本憎し」の声が覆してしまう。

それでも、憎しみを花に変える努力は続けなければならない。「希望には叶わないものもあるが、大切なのは希望を持ち続けること」。著書にある言葉は、渡辺さんの遺言として受け取った。

毎日新聞「余録」　2017年1月8日

年が明けて、その人の本がまた売れているという。昨年の暮れ、89歳で亡くなったノートルダム清心学園（岡山市）の理事長、渡辺和子さんだ。ロングセラー「置かれた場所で咲きなさい」で知られる。

「どうしても咲けない時もあります。雨風が強い時、日照り続きで咲けない日、そんな時には無理に咲かなくてもいい。その代わりに、根を下へ下へと降ろして、根を張るのです。次に咲く花が、より大きく、美しいものとなるために」。そんな言葉がつづられている。

本の出発点となる出来事は9歳の冬に起きた。父は渡辺錠太郎（じょうたろう）・陸軍教育総監。大雪の朝、和子さんは兵士の怒鳴り声で目を覚ました。和室の座卓に身を隠したが、1メートルほど離れた場所で父は43発の銃弾を浴びた。陸軍将校らによるクーデター未遂「2・26事件」である。

78年たった2014年夏、毎日新聞のインタビューに和子さんは父を襲った兵士を許せるまで50年かかったと明らかにしたうえで、こう語った。「今思えば、たった一人で父を死なせることなくみとることができた私は幸せでした」。根を下へ下へ降ろした末にたどり着いた思いに違いない。

記事にはこんな話もあった。「人間の間に争いはなくならない。敵ではなく自分と戦うことなしには平和はもたらされないと思います。相手の言い分をちゃんと聞く、こちらの言い分はちゃんと言う。何が正しいかを語り合う」

月日はたっても色あせず、ますます重みを増したように思える。地元では近く、お別れの会がある。多くの人がさまざまな機会に、自らの歩みや心境に重ね、和子さんが残した言葉を胸に刻むのだろう。

この作品は二〇一二年四月小社より刊行されたものです。

置(お)かれた場所(ばしょ)で咲(さ)きなさい

渡辺和子(わたなべかずこ)

平成29年4月15日　初版発行
令和6年7月25日　21版発行

発行人――石原正康
編集人――高部真人
発行所――株式会社幻冬舎
〒151-0051東京都渋谷区千駄ヶ谷4-9-7
電話　03(5411)6222(営業)
　　　03(5411)6211(編集)
公式HP　https://www.gentosha.co.jp/
印刷・製本―TOPPANクロレ株式会社
装丁者――高橋雅之

幻冬舎文庫

ISBN978-4-344-42610-8　C0195　　心-7-1

この本に関するご意見・ご感想は、下記アンケートフォームからお寄せください。
https://www.gentosha.co.jp/e/